KB059894

레슬링 시즌

The Wrestling Season

레슬링 시즌

The Wrestling Season

로리 브룩스 희곡
박춘근 옮김

사미계절

작가의 말

한국의 독자들에게

"넌 나를 안다고 생각하지. 하지만 넌 나를 몰라."

『레슬링 시즌』에 나오는 주문과도 같은 대사입니다. 『레슬링 시즌』의 핵심을 압축해 놓은 이 대사는 추측과 소문, 그리고 오해에 관해 말하고 있습니다. 우리는 타인을 대할 때 수많은 추측을 합니다. 그들 역시 우리에 관해 수많은 추측을 합니다. 그래서 자세히 알아보지도 않고 믿어 버리는 소문이 만들어지고, 결국 그로 인해 오해가 생깁니다. 나는 소문이 얼마나 파괴적인 위력을 가졌는지 알고 싶었습니다. 사소한 수다가 어떻게 진실이 되어 버리는지 보고 싶었습니다.

우리가 나 자신과 서로에 대해 알아 가는 과정은 평생을 다해 찾아가야 하는 긴 여정입니다. 나는 누구이며, 어떻게 이 세상과 관계를 맺을까? 이러한 정체성에 대한 질문은 이 세상에서 살아가는 길을 찾기 시작할 무렵의 청소년기에 생기는 자연스러운 것입니다. 『레슬링 시즌』은 성장 이야기입니다. 자기 자신에 대해, 그리고 서로에 대해 질문하고 고민하는 청소년들을 생각하며 쓴 이야기입니다. 나는 누구인가? 다른 사람들은 나를 어떻게 볼까? 모든 사람이 같은 생각을 할 때 나는 자유롭게 내 생각을 표현할 수 있을까? 어떻게 다른 사람을 먼저 생각할 수 있을까? 내가 옳다고 생각하는 일에 당당하게 맞설 수 있을까?

일대일 경기인 레슬링은 끊임없이 서로 몸을 맞대야 하는 거친 스포츠입니다. 앞서 말한 이야기를 하기 위한 완벽한 비유라고 느꼈습니다. 그래서 이 희곡을 공연으로 올린다면 다른 장치들은 최소화하는 반면 육체적인 것과 연극적인 것 들은 최대화하기를 원했습니다. 또한 대답이 주어지지 않는 질문들을 만들어 내고 싶었습니다.

관객들은 단순히 공연을 바라보는 입장에서 벗어나 공연과 교감할 수 있는 포럼의 기회를 가질 수 있을 것입니다. 청소년 관객은 등장인물의 선택과 행동에 대해 단정 짓지 않는 태도로써 자신의 의견을 표현하고, 이를 통해 자신의 가치를 객관적으로 시험해 보는 기회를 가질 것입니다.

『레슬링 시즌』이 한국 독자들과 만나게 되어 기쁩니다. 이 이야기가 나 자신과 서로를 발견해 가는 여정에 작은 도움이 되길 바랍니다.

로리 브룩스

❶ 경기 종료

❷ 타임아웃/경고

❸ 연장 시간 시작

❹ 연장 시간 종료

❺ 중립 자세

❻ 통제 불가

❼ 구역 이탈

❽ 선수 제자리로

❾ 판정 불가

❿ 위험 수위

11 교착 상태
12 부정 스타트/주의
13 시간 지연
14 손 맞잡음/옷 잡음
15 뒤집기/역전
16 기술 반칙
17 잡기 반칙/불필요한 거친 행동
18 핀(pin)에 가까움
19 2점
20 비신사적 행위
21 노골적인 반칙

일러두기

1. 각주는 독자의 이해를 돕기 위해 덧붙인 옮긴이의 말입니다.
2. 이 책에 나오는 레슬링 경기 사인은 미국 고등학교와 대학교에서 사용하는 공식 사인입니다. 국내 레슬링의 사인과는 다소 차이가 있을 수 있습니다.
3. 이 책에 실은 공연 사진은 (재)국립극단이 제공한 것으로, 사진은 물론 공연과 관련한 저작권은 (재)국립극단에 있습니다.

작가 노트

- 이 희곡을 공연할 경우, 모든 연기는 장면이 바뀌어도 매끄럽게 이어져야 한다. 무대와 의상 등을 전환할 필요는 없다. 많은 부분은 관객의 상상에 맡긴다. 앙상블이 중앙 무대(레슬링 매트) 안에 있지 않을 때에는 코러스 역할을 하거나 중앙 무대에서 벌어지는 일에 혼자 또는 둘씩, 필요하다면 다 함께 반응한다. 심판을 제외한 여덟 명의 인물은 공연 내내 레슬링복과 레슬링화를 착용한다.
- 지문 중에 '잡기', '빠져나가기' 등의 동작은 모두 레슬링 동작을 기본으로 한다. '앙상블이 움직인다.'라는 지문이 있으면 동작을 강조하기 위해 크게 움직이며 위치를 바꾼다.
- 이 희곡의 레슬링 체급은 배우의 체격에 맞추어 정한다. 단 공연하는 시점의 고등학교 레슬링 체급 기준을 따른다.
- 심판의 역할은 극에서 꼭 필요하며, 실제로 레슬링 시합을 운용하는 것처럼 연기한다.
- 매트 안으로 들어가고 나가는 행동은 등장인물들의 관계를 좀 더 명확하고 섬세하게 드러내는 역할을 한다.
- 맷이 멜라니를 매트 위에 눕히고 내리누르는 장면은 성적인 의미가 있기는 하지만 강간은 아니다.

등장인물

맷 17세.

코리 17세.

멜라니 17세. '체리 가르시아'로도 불림.

루크 17세. 맷의 가장 친한 친구.

헤더 17세. 졸트의 여자 친구.

졸트 17세, 레슬링 선수.

윌리 17세, 맷과 같은 체구.

니콜 17세, 헤더의 친구.

심판 흑백 줄무늬 심판복. 호루라기를 목에 걸고 있다.

무대

빈 무대.

무대 중앙에 공인된 규격의 레슬링 매트가 놓여 있다.

조명.

등장인물 아홉 명 모두 매트 위에 모여 있다.

배우들은 역할과 상관없이 앙상블*을 이루며 코러스** 역할을 병행한다.

모두(심판 외) 나는 페어플레이 정신에 따라 승패와 상관없이 도덕적 의무와 윤리를 지키며 경기에 임한다. 승자는 품위와 겸손을 갖출 것이며, 패자는 자부심과 명예를 잃지 않을 것을 항상 기억한다.

앙상블이 매트 밖으로 흩어진다.

앙상블은 공연이 진행되는 동안 매트 주변에서 함께하며 인물들의 연기에 반응하고 의견을 낸다.

헤더 넌 네가 옳다고 생각하지.

졸트 넌 진실을 안다고 생각하지.

니콜 넌 네가 똑똑하다고 생각하지.

코리 넌 나를 아주 잘 이해한다고 생각하지.

---

* 배우 전원이 협력하여 통일적 효과를 꾀하는 연출법이다.

** 합창단을 뜻하는 말이나, 연극에서는 일련의 집단 또는 그 구성원을 가리킨다.

윌리 넌 나를 꼼짝 못하게 제압했다고 생각하지.

멜라니 넌 나를 안다고 생각하지. 하지만 넌 나를 몰라.

루크 네가 어떻게 나를 알 수 있지?

맷 나도 나 자신을 잘 모르는데.

심판이 호루라기를 분다.

맷, 루크, 졸트, 윌리가 몸을 풀기 시작한다.

심판이 다시 호루라기를 불며 맷과 루크를 가리킨다.

두 사람은 자세를 취하며 연습 경기를 시작한다.

앙상블이 둘의 연습 경기를 보며 소리친다. "때려눕혀!", "밀어, 밀어 붙여!", "그렇지! 좋아! 붙어!"

두 사람은 상대방을 넘어뜨리기 위해 안간힘을 쓴다.

맷이 루크를 뒤집는다.

심판은 2점 사인을 보낸다.

루크는 빠져나오려고 애쓴다.

맷은 루크를 꼼짝 못하게 누른다.

심판이 핀* 상태를 알리는 사인으로 매트 바닥을 두드리며 카운트한다. "하나, 둘……."

---

* Pin. 레슬링에서 상대 선수의 양 어깨를 동시에 매트에 닿게 하는 것. 폴(fall)이라고도 부른다.

버저가 울린다.

맷	제 목표를 이룰 수 있도록 도와준 모든 하찮은 사람들에게 감사를 드립니다.
루크	어디 방송국이라도 떴냐?
맷	항상 저를 믿어 준 엄마, 감사하고요. 저를 빡세게 굴려 주신 코치 선생님께도…….
루크	웩, 토 나올 것 같아.
맷	……그리고 마지막으로, 마지막이 제일 중요하니까, 나에게 영감을 주고 날 이끌어 준, 내 친구 루크.
루크	다음엔 살려 달라고 싹싹 빌게 될 거다.
맷	꿈 깨시지.
루크	언제든지 난 널 넘어뜨릴 수 있거든.
맷	올해는 날 넘어뜨릴 걱정 같은 건 안 해도 된다.
루크	널 넘어뜨릴 걱정 따위를 왜 하냐?
맷	내 말은, 이번 시즌에는 75kg급*으로 출전 안 한다는 거야. 아침에 코치 선생님한테도 얘기했어. 70kg급으로 나가겠다고.

---

* 고등학교 레슬링 체급 기준.

루크 에이, 뻥치시네.

맷 완전 진짜거든.

루크 너, 70kg급에서는 최강이겠는데?

맷 우리 엄마도 똑같은 생각을 하셨던 거지.

루크 너보다 네 엄마가 더 장학금에 목매고 있는 것 같긴 하더라.

맷 매트 위에 있는 건 나야! 내 계획을 들어 봐. 체중을 70kg으로 줄여서 미친 듯이 연습. 그리고 일단 교내 선발전을 싹쓸이. 다음에는 지역 예선, 지역 결승, 마지막으로 전국체전! 차근차근 하나, 둘, 셋.

루크 말처럼 쉽냐?

맷 누가 쉽대?

루크 교내 선발전이라도 나가려면 수학 점수가 좀 나와야 할걸.

맷 오우, 알려 줘서 고마워요, 엄마.

루크 수학 시험 통과하려면 누군가 많이 도와줘야 할 거다, 아마.

맷 네가 있잖아. 지난 대수Ⅲ처럼 공부 좀 시켜 주면 되잖아. 아니야?

루크 그때하고는 다르다고.

맷 코치 선생님 말대로 집중력만 유지하면 별 문제 없어.

루크 그래, 최고일 필요는 없지. 그냥 이기고 통과하면 되니까.

맷 한 번에 한 게임씩.

루크 우선 수학 시험 통과하고.

맷 그렇지. 너만 믿는다.

루크 그리고 체중을 줄이고, 집중력 유지하고.

맷이 루크를 다시 잡으며 레슬링을 시작한다.

맷 잠깐, 이거 응원이야, 뭐야?

루크 현실이지.

맷 무슨 일이 있어도 할 거야, 알았어? 연습도 따로 더 하고, 또라이 같은 티베트 승려들처럼 단식도 하고, 명상도 하고! 내 꿈을 머릿속에 그리면서. 내가 원하는 거니까.

루크 지난 선수권 8강 진출로는 만족 못 하는 거지, 넌?

맷 장학금을 타려면 올해 안에 다 끝내야 해. 이게 바로 내 미래야.

루크 근데, 네가 잊어버린 사소한 문제가 하나 있네. 70kg급에는 윌리가 있다고. 교내 선발전부터 붙어야 할 텐데, 그 녀석 보통 아니야.

맷 그냥 보통이야. 그 자식쯤은 한주먹감이라고. 봐라, 이젠 내가 널 이렇게 완벽하게 눌러 버리거든.

루크 야, 그건 내가 다 가르쳐 줘서잖아. 동작 하나하나. 거 어디냐, 게바르트 할아버지 차고에다 매트 깔아 놓고.

맷 으스스한 곳이었지. 백 년도 더 된 일 같다.

루크 거기서 너, 뒤집기 연습 진짜 많이 했는데.

맷 난 네가 으스스 해골처럼 말랐던 기억만 난다.

루크 누구?

맷 누구겠니?

루크 해골 같았다고? 아니거든.

루크가 맷을 잡는다.

버저가 울린다.

앙상블이 움직인다.

심판이 호루라기를 불며 맷과 루크를 가리킨다.

맷 가자. 늦겠다.

루크 어딜 늦어?

맷 몇 번을 말했냐? 엄마가 저녁 먹으러 오라고 했다니까.

루크 에너지바하고 요구르트? 배 안 고프다.

맷 기운 좀 내! 요즘 뭔 일 있냐?

루크 아니.

맷 아닌 게 아니라는 건 확실히 알겠네.

루크 월요일까지 내야 하는 숙제가 있고, 실험 보고서 때문에 죽을 지경이라는 정도?

맷 넌 너무 공부만 하는 게 문제야. 좀 놀아야 해. (루크가 조용히 흐느낀다.) 야, 그렇게까지 안 좋은 건 아니야.

루크 얼마나 안 좋은지 네가 어떻게 알아?

맷 어떻게 아냐고? 하하, 너한테 친구라곤 나밖에 없으니까.

루크 넌 아무것도 몰라.

맷 그러니까 가르쳐 주셔 봐.

루크 넌 절대로 이해할 수 없어.

맷 오우, 그렇게 날 엿 먹이려고 했다면, 그래 내가 한 방 먹었다.

루크 그런 게 아니야.

맷	그럼 뭐야? 내가 뭐 잘못했냐?
루크	너 때문이 아니라니까. 나 때문이다. 됐냐? 가자.
맷	아니, 안 됐거든. 내가 아무것도 모르더라도 네가 매우 심각하다는 건 알겠거든. 뭐야? 말해 봐.
루크	넌 계획이 있어. 넌 네 인생을 만들어 가고 있다고.
맷	뭐, 아마도.
루크	넌 네 미래의 계획을 세우고 문제를 해결해 가고 있잖아.
맷	그런데?
루크	난 아무 계획이 없어. 뭘 해야 할지 모르겠다고.
맷	네가 계획 따위가 왜 필요해? 넌 나보다는 열 배는 똑똑해. 넌 내년에 갈 학교를 선택할 수도 있고 장학금도 받을 수 있잖아. 다만 좀 네가, 못생기기는 했지만. 야! 외모가 전부는 아니잖아. 넌 얼굴 빼고는 다 가졌어.
루크	넌 몰라.
맷	너에 대해서는 내가 꽤 알걸. 어쩌면 너조차도 모르는 너까지도 내가 알걸.

조명이 루크를 비춘다.

심판이 호루라기를 불며 루크를 가리킨다.

루크 넌 나를 안다고 생각하지. 하지만 넌 나를 몰라.

심판이 호루라기를 두 번 분다. 장면은 호루라기 소리와 함께 계속 이어진다.

앙상블이 움직인다.

맷 안다니까. 여자 때문이지?

루크 아니.

맷 그럼 레슬링부? 선발전 때문에 그러는 거야?

루크 아니라고. 어차피 졸트 그 자식이 나를 매트에 꽂아 버릴 텐데 뭐.

맷 글쎄, 그렇게까진 아닐걸. 야, 연습하면 돼. 같이 하면 되잖아. 그래, 그때 게바르트 할아버지네 차고에서처럼.

루크 됐어. 이제는 정말 상관없어.

맷 되긴 뭘 돼? 그런 말 집어치워. 다 괜찮아. (루크에게 손을 뻗는다. 루크가 손을 잡는다. 서로 껴안는다.) 괜찮을 거야. 뭔지는 몰라도 다 괜찮을 거야.

버저가 울린다.

심판이 호루라기를 불며 졸트와 윌리를 가리킨다.

졸트 와, 쟤네 엄청 붙어 다니는데?

윌리 내 생각엔 그러다 붙어 버린 듯.

졸트 네 생각, 하나도 안 궁금하거든.

윌리 그래? 저 '바른생활 맨'과 그 똘마니에 대한 소문인데?

졸트 무슨 소문?

윌리 안 궁금하다며?

졸트 저 '바른생활 맨' 맷이 네 자리를 차지할 거라는 소문은 들었지. 설마 그 얘기냐? 코치 선생이 그러더라. 맷이 70kg급으로 체급 낮춘다고. 너, 큰일 났다.

윌리 맷 따위가 무슨 큰일이냐?

졸트 어련하시겠어. 저 자식 만만한 놈이 아니야. 작년부터 부쩍 세졌다고.

윌리 내가 걱정이라도 해야 되냐?

졸트 신경은 좀 써야 할걸.

윌리 저 자식 아무것도 아니야. 코치한테 아첨꾼일 뿐이지.

졸트	코치 선생의 애제자랄까.
윌리	그러니까 코치가 그 사실을 알기만 하면.
졸트	알다니 뭘?
윌리	어? 지금 질문하는 거?
졸트	알았다, 알았어. '바른생활 맨'과 그 똘마니에 대한 소문이 도대체 무엇입니까요?
윌리	두 변태에 대한 진실을 난 알고 있지.
졸트	뭔 진실?
윌리	얼마나 다정들 한지. 뭔 말인지 모르겠냐? 그게…… 아 참나. 거시기하다고.
졸트	진짜?
윌리	확실해.
졸트	어떻게 알아?
윌리	몰랐어?
졸트	물론 나도 알았지. 알고야 있었지. 뭐 증거라도 있어?
윌리	있으니까 내가 말하잖아.
졸트	증거가 있다고?
윌리	당연.
졸트	이거 봐라. 아주 확실하신가 본데.
윌리	봤다니까. 라커룸에서. 와우, 서로 완전히 빠져서

는…….

졸트 뭐 하고 있었는데?

윌리 뭐 하고 있었을까? (심판이 호루라기를 분다. '20번 사인'을 하며 말한다. "비신사적 행위!") 으, 징그러워. 토할 뻔했다.

심판이 헤더와 니콜을 가리킨다.

두 사람이 윌리와 졸트가 있는 매트 위로 올라온다.

헤더 뭐가 징그러워?

윌리 알면 다친다.

니콜 알고 싶어.

헤더 나도.

졸트 이따 밤에 우리 둘만 있을 때 얘기해 줄게.

헤더 오늘 부모님 집에 계셔.

졸트 그럼 도서관에서 보자.

헤더 여덟 시. 참고자료실.

졸트 네가 참고할 만한 자료가 나한테 있긴 하지.

니콜 얘기 좀 해 봐. 뭐가 징그러운데?

윌리 이리 와 봐. 보여 줄게.

니콜 됐어. 그 정도로 보고 싶진 않아.

윌리 좀 더 가까이 와 보라니까? 어서.

니콜 좀 떨어져서 얘기하면 안 될까? 응?

윌리 그럼 하나도 재미없는데.

니콜 너만 재미난 거겠지.

졸트와 헤더가 속삭인다.

윌리 (니콜에게) 야, 너 때문에 나 완전 상처받았어.

니콜 금방 괜찮아질 거야.

헤더 (졸트에게) 에이, 뻥!

졸트 내가 뻥치는 것 같아?

헤더 생각지도 못했어, 전혀!

졸트 사실이라니까. 윌리가 봤대.

헤더 오 마이 갓!

졸트 둘이 있는 걸 봤대.

니콜 누굴 봤는데?

헤더 둘이, 진짜 둘이서?

윌리 둘은 둘이지.

헤더 그러니까 봤다는 거야, 못 봤다는 거야?

졸트 말했잖아. 윌리가 봤다고. 라커룸에서.

헤더 웬일이야!

니콜 누굴 봤냐니까?

헤더 그래, 이제 얘기가 되네. 그랬던 거네. 아, 그래서 걔네가 온종일 붙어 다녔던 거잖아. 그래, 그랬네.

니콜 누구? 지금 말 안 해 주면 나 소리 지를 거야.

헤더 맷이랑 루크! 누구겠어?

니콜 맷? 루크?

헤더 그래, 맷이 그래서 여자 친구가 없었던 거네.

윌리 그 자식과 사귀고 싶은 여자애가 어디 있겠냐?

니콜 여기 있는데. 맷이 나한테 관심 없어서 그렇지.

헤더 그러니까, 그게 문제라고.

니콜 맷은 항상 루크하고만 다니잖아.

헤더 굳이 하나 더 있다면 코리. 맷이 어울리는 애들은 걔네 둘뿐이라고.

니콜 무슨 말이야?

헤더 코리도 그렇잖아. 걔야말로 가장 여자 같지 않은 여자애라고. 선머슴 같은 머리 스타일이나 유치한 액세서리를 치렁치렁 달고 다니는 꼴을 보면.

니콜 맞아, 코리는 좀 무서워.

헤더 코리는 아마 그런 거 쓰레기장에서 주워 올걸.

니콜 먹는 것도 이상하잖아.

헤더　　　　개, 뭐 먹는지 못 봤지?

조명이 코리를 비춘다.

심판이 호루라기를 불며 코리를 가리킨다.

코리　　　　넌 나를 안다고 생각하지. 하지만 넌 나를 몰라.

심판이 호루라기를 두 번 분다. 장면은 호루라기 소리와 함께 계속 이어진다.

앙상블이 움직인다.

니콜　　　　그래서 맷하고 루크가 어쨌다는 거야?

헤더　　　　맙소사, 니콜. 아직도 몰라?

윌리　　　　그 새끼들, 완전 소름 끼친다니까.

니콜　　　　누구?

졸트　　　　특히 '바른생활 맨'. (윌리에게) 야, 네가 그 자식 하고 레슬링을 하다니, 정말 기대된다.

윌리　　　　넌 루크하고 할 거잖아. 레슬링.

니콜　　　　맷이랑 루크가 어쨌다는 거야?

헤더　　　　오, 제발, 니콜. 내가 다 말해 줄게.

버저가 울린다.

앙상블은 다른 사람에게 귓속말을 하며 움직인다.

맷은 2단 뛰기 줄넘기를 한다.

심판이 호루라기를 불며 맷과 루크를 가리킨다.

루크가 맷을 바라보다가 돌아서 가려고 한다.

맷 야, 기다려.

루크 왜?

맷 나 이제 71kg이야. 1kg 남았어.

루크 너희 엄마가 걱정하시더라. 나한테 전화하셨어.

맷 뭐라셔?

루크 너 그러다 죽을까 봐 걱정하시지. 어떻게 해야 네가 뭐 좀 먹을지 물어보시더라.

맷 그래서? 뭐라고 했어?

루크 장학금 부담만 너무 주지 않으시면 된다고 말씀드렸지.

맷 오, 말 잘했는데? 진짜 그랬어?

루크 아니. 말할 걸 그랬나 보다. 나, 간다.

맷 연습하러 온 거 아니야?

루크 뭘 깜빡해서.

맷 뭔데? (루크가 매트 가장자리에 있는 수건을 집어 든다.) 그거냐? 수건?

루크 아니.

맷 뭘 깜빡했는데, 그럼?

루크 왜 그래? 스무고개야? 너한테 꼭 얘기할 필요는 없잖아.

맷 네가 왜 이러는지 다 아니까 그렇게 말하지 마라.

루크 네가 뭘 아는데?

맷 뭘 아는 거 같냐?

루크 갈게.

맷 나랑 같이 있는 게 싫은 거잖아!

루크 뭔 소리야?

맷 내가 뭐 잘못한 것도 아니잖아.

루크 알아.

맷 근데 왜 날 피해?

루크 피하는 거 아니라니까.

맷 아니라고? 아침에 너희 집에 갔더니, 학교 가 버렸더라. 수학 시간에는 지각하고. 그리고 제일 일찍 사라졌잖아!

루크 누가 내 사물함에 '호모 새끼'라고 써 놨어.

침묵.

맷	누가 그랬는지 알아?
루크	모르기가 더 어렵겠다.
맷	뻔하지 뭐.
루크	글씨가 안 지워져.
맷	윌리 그 자식, 이번 선발전에서 몸 좀 사리는 게 좋을 거다. 가만 안 두겠어.
루크	간다.
맷	오늘 밤에 수학 시험 공부 도와줄 거지?
루크	아니, 안 돼.
맷	도와준다고 했잖아.
루크	내가 왜 네 성적까지 책임져야 되냐? 내 공부 하기도 바쁘거든.
맷	뻥치시네. 네가 나보다 상황이 안 좋거든. 걔네가 그럴수록 우린 더 같이 다녀야 해. 우리가 이러는 건 걔네가 원하는 거라고. 다 레슬링 때문이잖아. 체급마다 선발은 한 명뿐이니까. 걔들은 우리 둘 사이가 틀어지기를 바라는 거야.
루크	글쎄, 넌 그렇게 생각해라.
맷	맞다니까. 레슬링 시즌이잖아.
루크	너는 오로지 레슬링하고 네 생각만 하는구나.

맷 지금은 아무래도.

루크 간다.

맷 (루크를 잡으며) 야, 잠깐만.

루크 이거 놔.

맷은 루크의 팔을 어색하게 잡고 있다가 놓는다.

맷 너도 그 말 믿는 거냐? 그런 거지? (루크가 웃는다.) 하나도 안 웃기거든? 너도 내가 그런 식으로 널 좋아한다고 생각하는 거지? 날 그렇게 생각하는 거야?

루크 너? 너한텐 너밖에 없잖아, 아니야? 원하는 거라면 뭐든 가지려고 하고.

심판이 호루라기를 분다. '10번 사인'을 하며 말한다. "위험 수위!"

루크가 수건을 던지고 매트 밖으로 나간다.

맷은 줄넘기를 한다.

앙상블은 맷을 바라보며 소곤거린다.

누군가는 손가락질을 한다.

웃는 사람도 있다.

졸트가 길고 느리게 늑대 울음소리를 낸다.

맷 그래. 나, 게이다! 이 말이 듣고 싶은 거냐!

앙상블이 움직인다.

맷은 줄넘기를 한다.

심판이 코리와 맷을 가리킨다.

코리 소리 지를 필요까지 없어. 다 들려.

맷 코리, 그 얘긴 꺼내지도 마. 말하고 싶지 않아.

코리 알았어.

맷 난 연습에 집중해야 해. 누구라도 방해하면 가만 안 둘 거야. 루크라도.

코리 알았다고.

맷 그 자식들, 날 무슨 변태처럼 봐.

코리 누가?

맷 전부! 날 빤히 쳐다보다가는 내가 돌아보면 잽싸게 고개를 돌려 버려. 내가 뭔 짓이라도 하기를 기다리는 눈치야.

코리 그 얘기 안 하고 싶다며.

맷 내가 뭘 잘못한 거 같잖아. 그게 뭔지도 잘 모르겠고.

코리 네가 뭘 했는지 안 했는지의 문제가 아니야.

맷 오늘은 코치 선생님까지도 뭔가 다른 거야. 젠장, 뭐랄까…… 꼭 내가 다른 사람인 것처럼 대하는 거야. 손에 걸리기만 하면 아무나라도 확 죽여 버리고 싶어.

코리 너희, 아직도 모르구나? 걔네한테 너희는 그냥 가십 거리 심심풀이 땅콩일 뿐이야. 그게 다라고. 너희가 진짜 게이라고 해도 뭐 어쩔 건데?

맷 나 게이 아냐. 루크도 아니고.

코리 만약에 네가 게이라고 해도 그게 뭐 어때서? 게이든 아니든 넌 변함없이 맷이잖아. 안 그래?

헤더와 니콜이 움직인다.

헤더 그러니까 이런 거라고. 걔네 둘이 항상 붙어 다니잖아. 그건 말이야 루크가……. (손목을 과장되게 꺾어 아래로 떨어뜨리며) 알겠지?

니콜 헤더!

헤더 진짜라니까.

니콜 그런 얘기들 좀 별로야.

헤더 별로? 넌 어떻게 된 애가 놀라지도 않냐?

코리 (헤더에게) 너희는 너희 인생이 없냐? 정말 딱하다. 얼마나 할 게 없으면 인생의 유일한 낙이 남 얘기나 지어내는 거냐?

헤더 코리, 주위에서 뭔 일이 일어나도 무관심한 너보다는 나을걸?

니콜 야!

헤더 니콜, 신경 꺼. 쟤는 그냥 없는 사람으로 치라니까.

헤더와 니콜이 움직인다.

코리 헤더와 똘마니들. 소문은 권력이거든. 소문을 퍼뜨리고 관심을 모으고, 헤더는 그걸 아주 잘 이용하는 애야.

맷 하지만 다들 헤더 말을 믿잖아.

코리 안 믿기에는 너무 재미있거든.

맷 어떻게든 해야겠어. 못 참겠어. 연습에 집중이 안 돼.

코리 헤더를 죽여 버릴까? 내가 도와줄게.

맷 그래. 걔 머리카락으로 목을 졸라 버리자.

코리 맷, 농담이야. 그냥 내버려 둬. 걔네들이 내 얘기할 때 난 그러거든. (흉내 낸다.) "코리 부모님은 마약 중독자래. 60년대에 빙초산을 너무 많이 마셔서 뇌가 다 녹아 버렸대. 코리는 똥꼬 팬티를 입는대. 속옷은 절대로 안 갈아입는대." 또 뭐라더라? "걔는 속옷은 아예 안 입는대." 내가 어느 파티에서는 홀딱 벗고 춤췄다고 하더군.

맷 사실이 아니라는 거 알아. 나도 그 파티에 있었으니까.

코리 중3 때인가, 학교에서 돈이 없어졌을 때는 다들 내가 훔쳤다고 수군거리고.

맷 정말 나빴지. 근데 그건 경우가 좀 다르지 않나? 그건 개인적인 소문이라기보다…….

코리 난 개인적으로 '도둑년'이라는 꼬리표를 달게 됐지.

맷 다 들려. 걔들이 하는 얘기가 전부 다! 그게 제일 짜증 나. 무슨 말을 하는지 다 들리고 알 것 같단 말이야.

코리 너도 어떤 다른 사람에 대해 걔들처럼 생각하니까 아는 거 아니야?

맷 아니.

코리 솔직해 봐. 넌 게이를 아주 혐오해.

맷 내가 게이가 아니라 정말 다행이야.

코리 네가 게이가 아니라서 더 괜찮은 사람이라는 뜻이야?

맷 그렇게는 말 안 했어.

코리 게이를 동정하잖아. 그렇지?

맷 대체 넌 누구 편이야?

코리 누구 편도 아니야. 다른 사람을 심판하는 사람들, 지겨워. 온 세상이 법정이야 뭐야? 뭐는 되고 뭐는 안 되고.

맷 난 아무도 심판하지 않아.

코리 아니, 너도 해. 네가 심판한다는 걸 모르는 거지.

맷 사실, 난 누가 게이든 아니든 상관없어.

코리 너만 아니라면 말이지.

맷 내가 아닌데 사람들한테 손가락질 받는 게 싫을 뿐이야.

코리 그냥 너일 뿐인데, 사람들이 손가락질하면 어떨지 생각해 봐.

심판이 호루라기를 분다. '19번 사인'을 하며 말한다. "2점!"

앙상블이 움직인다.

맷 오늘 연습을 두 배로 해야 해. 사우나에서 땀도 두 배로 빼고. 그리고 집까지 뛰어갈 거야.

코리 걔네한테 뭔가 다른 얘깃거리를 던져 줘야 할 거 같은데.

맷 어떤?

코리 누구 하나랑 사귀는 거지. 그럼 걔네도 네가 여자를 좋아한다는 걸 알 거 아냐.

맷 너랑 나랑 친하잖아, 아니야?

코리 유치원 때부터 널 좋아했지. 하지만 우린 그냥 친구일 뿐이야. 다른 여자애를 만나라니까. 사귀라고. 다른 여자애와 함께 있는 걸 보면 아무도 너에 대해 이러쿵저러쿵 못 할 거야.

맷 샌디.

코리 아, 샌디.

맷 걔 괜찮았는데.

코리 백만 년 전 얘기 말고.

맷 말해 줄 필요 없어.

코리 네가 새로운 여자애랑 데이트하면 걔네들은 다른 가십 거리를 찾을 거고, 그러면 지난 일 따윈 다 잊어버리게 돼 있어.

맷 잠깐.

코리 가끔 난 참 괜찮은 생각을 한단 말이야. 네가 좋아할 여자가 분명 있을 거야. 네가 정말 루크를 그런 식으로 좋아하는 게 아니라면.

맷 멜라니 가르시아.

코리 멜라니?

맷 그래, 딱이네.

코리 네가 걔를 섹시하게 느낀다는 거 알아. 수백 번도 더 얘기했으니까.

맷 걔도 소문 끝내주지. 학교에서 잘나가는 애들하고는 다 잤다고. 아무나 따먹는 빨갛고 달콤한 "체리" 가르시아.

조명이 멜라니를 비춘다.

심판이 호루라기를 불며 멜라니를 가리킨다.

멜라니 넌 나를 안다고 생각하지. 하지만 넌 나를 몰라.

심판이 호루라기를 두 번 분다. 장면은 호루라기 소리와 함께 계속 이어진다.

앙상블이 움직인다.

코리　“체리”라고 하지 마. 나 걔 좋아해. 나한테 잘해 준단 말이야.

맷　모든 애들한테 잘해 줄걸.

코리　걔가 너랑 데이트할 거 같아? 넌 걔 타입이 아닌데.

맷　왜?

코리　멜라니가 사귄 남자애들 봐 봐. 대부분 너의 공공의 적 윌리 같은 애들이잖아. 남성 호르몬 광고하는 스타일들. 멜라니한테 물어나 봐 줄까? 너한테 관심 있는지.

맷　아니, 됐어. 내 일은 내가 알아서 해.

코리　그래. 네가 네 일을 알아서 잘해서 올해 사건 사고가 끊이지 않는구나.

맷　그게 무슨 말이야?

코리　네가 들은 대로야. 다른 뜻은 없어.

맷　나에겐 더 중요한 일들이 많아.

코리　그래, 레슬링. 레슬링 다음으로 중요한 거는, 아, 그렇지. 또 레슬링이잖아.

맷　올해 난 최고가 될 거야, 코리. 망치고 싶지 않아.

코리　안 그러면 네 엄마가 널 죽일 테니까.

맷　그것도 그렇고.

코리 그렇다면 멜라니한테 데이트 신청하지 마. 다른 방법이 있을 거야. 야, 어디 가?

맷 수학 시험 공부해야 돼.

코리 뭐라도 좀 먹고 해. 알았지? 너 되게 힘들어 보여. 그리고 루크 보면 나한테 전화 좀 하라고 해!

맷 못 해. 루크가 나를 보려고 하지 않아.

코리 마음에 안 들어. 이런 상황 진짜 마음에 안 들어.

맷 루크는 내가 진짜 게이라고 생각해. 애들이 나에 대해 뭐라고 떠들든 사실이 아니야. 코리, 아니라고.

코리 알아, 안다고. 누구를 자꾸 설득하려고 드는 거야?

버저가 울린다.

코리가 매트에서 나간다.

맷은 팔굽혀펴기를 몇 번 하고 나서 깡통에 침을 뱉는다.

어지러워서 비틀거리다 쓰러진다.

앙상블이 놀란다.

루크가 맷을 도와 일으키자 맷이 깨어난다.

앙상블이 수군거린다.

맷과 루크가 서로 떨어진다.

맷 괜찮아. 내가 할 수 있어. 일어날 수 있어.

심판이 호루라기를 분다. '12번 사인'을 하며 말한다. "주의!"

앙상블은 계속 수군거린다.

심판이 사인을 반복하며 명령한다.

앙상블이 이동한다.

심판이 호루라기를 불며 멜라니를 가리킨다.

멜라니 정말 괜찮아?

맷 괜찮다니까. 물을 좀 못 마셔서 그래. 시합 전까지 수분을 다 빼야 되거든. 70kg급으로 감량하려면.

멜라니 껌이라도 씹을래?

맷 무설탕?

멜라니 당연하지.

맷 고마워.

멜라니 치어리더 여자애들보다 더 심하게 체중 관리하는구나.

맷 계체량을 통과해야 하니까.

멜라니 하려던 얘기가 뭐야? (사이) 할 말 있다며.

맷 좋아. 좋다고……. 네가 입고 있는 그 옷.

멜라니 이 셔츠?

맷 그래, 그 셔츠. 잘 어울려.

멜라니 고마워. 새로 샀는데.

맷 못 보던 거야.

멜라니 새거니까.

맷 금요일 밤에 시간 있어?

멜라니 너랑?

맷 그래, 나랑.

멜라니 데이트 신청이야?

맷 그런 거 같지? 어때?

멜라니 좋은 거 같아.

맷 뭐 그렇게 좋아하는 것 같지는 않네?

멜라니 좀 놀라서.

맷 그게…….

멜라니 모르겠어. 우린 얘기도 많이 안 해 봤잖아.

맷 안 내키면 됐어. 괜찮아. 별로 좋은 생각이 아니었어.

멜라니 아니야. 너하고 데이트하고 싶어. 그냥 네가 데이트 신청할 거라고 생각해 본 적이 없어서 그래.

심판이 호루라기를 불며 맷과 멜라니를 가리킨다.

맷과 멜라니가 레슬링하려고 준비 자세를 취한다.

심판이 시작하라고 호루라기를 분다.

맷과 멜라니가 엄지씨름*을 한다.

심판이 엄지씨름을 멈추게 한다.

잠시 후, 호루라기를 다시 불어 다시 시작하라고 한다.

맷과 멜라니는 엄지씨름을 계속한다.

맷이 멜라니를 간지럼 태운다.

심판이 호루라기를 분 뒤 '7번 사인'을 하며 말한다. "구역 이탈!"

심판이 다시 호루라기를 분다.

맷과 멜라니가 씨름 자세를 잡는다.

둘이 엄지씨름을 하다가 분위기에 빠져들어 천천히 춤춘다.

심판이 재미있어하며 부드럽게 둘을 떼어 놓는다.

심판이 두 사람의 손을 들어 올리며 말한다. "동점!"**

졸트와 윌리가 매트 위에서 레슬링을 시작한다.

---

* Thumb Wrestle. 두 사람이 손을 깍지 낀 상태에서 각자의 엄지로 상대방의 엄지를 정해진 시간 동안 누르고 있으면 이기는 게임.

** Tie. '동점'이라는 뜻과 함께 '서로를 묶어 주다.'라는 뜻도 있다.

졸트　너 오늘 기분 되게 좋아 보인다.

윌리　누구? 나?

졸트　그래, 너.

윌리　어제 연습할 때, 루크 그 자식 진짜 후달려 보이던데.

졸트　걔 완전 맛이 갔어.

윌리　끝난 거지.

졸트　확실해. 보나 마나야.

윌리　식은 죽 먹기란 말을 이럴 때 쓰는 거다.

졸트　뭐 그 정도까지는 아니지만. 너 어제 진짜 잘하던데.

윌리　멜라니가 나 보는 거 봤어?

졸트　봤다. 아주 침을 줄줄 흘리며 보더라.

윌리　나하고 다시 시작하고 싶은 거야. 내가 딱 알지.

헤더　야, 너희 짜증 제대로다. 니콜, 얘네한테 말해 줄까?

니콜　그래, 말해 버려.

헤더　그래도 되나 모르겠네. 얘네 환상을 깨는 거 같아서 말이야.

니콜　말 안 해 주는 게 더 나빠. 얘기해 줘.

맷과 멜라니가 속삭이며 둘만의 농담을 주고받는다. 키득거린다.

월리　　뭔 얘긴데?

헤더　　멜라니 얘기지, 당연히.

월리　　멜라니 뭐?

헤더　　멜라니가 너를 보러 체육관에 오는 게 아니라는 거지, 월리.

니콜　　아니라는 거지.

헤더　　금요일 밤에 다른 애랑 영화관에서 나오는 걸 봤거든.

니콜　　오, 세상에! 멋지다. 믿기는 힘들지만 너무 멋지지 않니?

월리　　누구랑?

헤더　　아마, 레슬링하는 친구지? 이름이 맷이라고 하던가?

졸트　　뭐? 왜 멜라니가 맷 같은 얼간이하고?

헤더　　내가 아나? 그런데…… 멜라니가 맷의 재킷을 걸치고 있더라.

니콜　　추웠나 봐.

헤더　　글쎄, 너무 뜨거웠을지도.

월리　　맷이라고?

졸트　　아마 루크 만나러 가는 길이었을 거야.

윌리　　그렇겠지. 그냥 우연히 만난 거잖아. 둘이 영화관에 들어가는 거 봤어?

헤더　　아니. 그런데 어제 연습 끝나고는 왜 둘이 같이 나갔는지 모르겠네.

니콜　　맞아. 나도 봤어.

맷과 멜라니가 다른 사람들의 시선을 받으며 서로를 향해 걸어간다.
멜라니가 맷의 발을 건다.
맷이 장난스럽게 대응한다.
앙상블이 움직인다.

졸트　　잠깐. 멜라니가 맷 연습하는 거 보러 온 거라고?

윌리　　절대 그럴 리 없지.

졸트　　멜라니는 그런 얼간이하고 데이트할 애가 아니야. 게다가 맷은 멜라니가 좋아하는 타입도 아니라고.

니콜　　둘이 갑자기 사랑에 빠진 걸까? 있잖아. 정열적이고 낭만적이고, 그런 사랑의 시처럼. 영화에서나 나올 것 같은 플라토닉러브?

헤더　　니콜, 너 좀 무서운 것 같아.

니콜　　　왜? 그럴 수도 있지.

헤더　　　말도 안 돼.

윌리　　　맷은 완전 머저리란 말이야!

헤더　　　아마 너도 네가 생각하는 만큼 대단한 킹카는 아닌가 봐?

니콜　　　그냥 너네 집에서 킹인 정도?

헤더　　　맷과 루크에게 여자 친구를 뺏긴.

윌리　　　닥쳐라, 헤더.

졸트　　　야, 멜라니는 너한테 다시 와. 걱정 마.

윌리　　　기억 안 나? 내가 찬 거거든.

헤더　　　어떻게 되나 보자고.

니콜　　　그래.

버저가 울린다.

윌리, 졸트, 니콜, 그리고 헤더가 매트 밖으로 나간다.

심판이 호루라기를 불며 맷과 멜라니를 가리킨다.

맷　　　오늘 연습하는 거 보러 올 거야?

멜라니　　　그럼.

맷　　　네가 체육관에 오니까 좋더라.

멜라니　　　나 말고도 레슬링 팬클럽 여자애들 많던데?

맷	다른 애들은 보이지도 않아.
멜라니	연습 내내 윌리 노려보느라 정신없긴 하더라.
맷	좀 그러긴 했지. 연습 끝나고 우리 집에 갈래? 엄마가 분명 저녁 먹고 가라고 하실 거야. 널 좋아하셔.
멜라니	너도 좀 먹을 거지?
맷	그러지 뭐. 운동 두 배로 하고, 사우나에서 한 시간 정도 땀 빼면 괜찮을 거야.
멜라니	내가 레슬링 선수와 데이트한다는 게 새삼스럽다. 레슬링 시즌 끝날 때까지 우리 잠깐 만나지 말까?
맷	네가 원하면.
멜라니	네가 원하는 건 뭔데?
맷	넌?
멜라니	내가 먼저 물었잖아.
맷	절대 그러고 싶지 않지.
멜라니	걱정돼서 그래. 너무 무리하지 마.
맷	꼭 우리 엄마처럼 말한다.
멜라니	그러고 싶진 않은데.
맷	우리 엄마처럼 생기진 않았어.
멜라니	다행이다.

맷 우리 엄마하고 냄새도 달라.

멜라니 그것도 다행이다.

맷이 멜라니에게 장난으로 레슬링을 한다.

멜라니가 맞받아친다.

맷이 장난스럽게 멜라니를 넘어뜨려 누른다. 핀 상태가 된다.

맷 꽤 센데!

멜라니 여자치고는?

맷 남자 여자 상관없이. 오늘 우리 집에 갈 거지?

멜라니 좋아. 네가 뭘 좀 먹으면, 저녁 운동할 때 나도 같이 할래.

맷 그거 알아? 너, 뭐랄까? 되게 놀라워. 내가 생각한 거하고는 전혀 달라.

멜라니 어떻게 생각했는데?

맷 모르겠어. 그냥 달라.

멜라니 너도 그래.

맷 좋은 쪽? 아니면 나쁜 쪽?

멜라니 좋은 쪽으로. 난 네가 윌리와 비슷할 거라고 생각했거든.

맷 야, 걔 얘긴 하지 말자.

멜라니　윌리와는 전혀 달라.

맷　다시 말해 봐.

멜라니　넌 윌리와는 전혀 달라. 윌리하고는 대화다운 대화를 해 본 적이 없어.

맷　둘이 말할 틈도 없이 정신없었나 보지.

멜라니　무슨 뜻이야?

맷　아니야, 아무것도. 신경 쓰지 마. 네가 전에 뭘 했든 상관없으니까.

멜라니　내가 전에 뭘 했는데?

맷　뭐, 윌리나 그런 부류들 있잖아.

멜라니　그거 지금 날 용서한단 뜻이니?

맷　뭐, 그렇게 들린다면.

멜라니　윌리나 다른 남자애들과 잔 거 얘기하는 거지?

맷　응.

멜라니　내가 누구와 잤는지 어떻게 알아?

맷　너와 윌리는 유명했잖아. 전설이지.

멜라니　남들이 하는 말 믿지 마. 전부 다 사실은 아니야.

버저가 울린다.

헤더가 매트를 가로질러 오려고 한다.

심판이 헤더에게 '2번 사인'을 하며 말한다. "경고!"

심판이 니콜과 멜라니를 가리킨다.

헤더가 멜라니의 발톱에 매니큐어를 바른다.

니콜 네가 레슬링 선수와 사귀다니. 믿을 수가 없다.

멜라니 내 말이, 내 말이.

니콜 미쳤어.

멜라니 헤더도 레슬링 선수랑 사귀잖아.

니콜 그건 좀 다르지. 졸트는 헤더 남편이나 다름없으니까.

헤더 살살 말해라. 우리 엄마 들으면 어쩌려고 그래? 멜라니, 이 색깔 잘 어울린다.

멜라니 진자주색은 좀 어둡지 않아?

니콜 섹시해. 너 다시는 레슬링 선수와는 안 사귄다고 했잖아. 기억 안 나?

멜라니 맷을 만나기 전 얘기지.

니콜 어우, 야.

헤더 맷은 어때?

멜라니 모르겠어. 뭔가 수줍어해.

헤더 졸트는 전혀 그런 타입 아니지.

니콜 절대 수줍어하지 않지.

멜라니 어제 레슬링 연습 끝나고 맷의 집에 갔거든. 맷 어머니께서 저녁 먹고 가라고 하시더라. 그래서 우리는 다같이 식탁에 앉아서 저녁을 먹었어. 저녁을 먹고 나서는 맷이랑 오래 산책하면서 밤늦게까지 얘기했어.

니콜 멜라니, 재미없었겠는데.

멜라니 정반대였어.

니콜 어우, 정말.

헤더 어제 졸트는 뭐 했게? 엄청 야한 속옷 사 주더라. 완전 레이스.

니콜 진짜?

헤더 진짜라니까. 내 방에서 둘만 있는데 그걸 주고는, 그다음에는 자연스럽게…… 알지?

니콜 오 마이 갓!

헤더 바로 아래층 부엌에 우리 엄마가 있었다는 거!

니콜 말도 안 돼!

헤더 진짜 떨려서 죽는 줄 알았어. 근데 그게 더 짜릿한 거 있지.

니콜 나도 그런 남자 친구가 있었으면 좋겠다. 로맨틱하잖아. (사이) 아무래도 난 아직 준비가 안 된 것 같아.

헤더 뭐라는 거니? 도덕 교과서 읽는 거야?

니콜	이런 걸 뭐라고 말해야 할지는 모르겠는데. 뭐 그래, 첫 경험을 아무하고나 하고 싶지 않은 것도 있고. 아니, 나한테 문제가 있는 건가? 좀 무서워.
헤더	어련하시겠어.
멜라니	네가 아직 진짜 좋아하는 사람을 못 만나서 그래.
니콜	그렇지?
헤더	아니면 심하게 억압되었거나 불감증이거나.
니콜	시끄러워, 헤더. 우리 엄마가 서두르지 말고 기다리라고 그랬다. 적당한 때가 오면 다 알게 된다고.
헤더	넌 아직도 엄마 말을 들어?
멜라니	니콜, 네가 맞는 것 같아. 기다려 봐.
헤더	쟤는 그냥 어른이 되고 싶지 않은 거야. 그렇게 시간이 많은 게 아니야. 그러다 천연기념물 된다니까. 네가 쓸데없이 흘려보낸 시간 다 합치면 대통령도 되겠다.
니콜	어디 가서 내 얘기 하면 죽어 버릴 거야.
헤더	절대 안 해. 어쨌든 서두르는 게 좋을 거야.
니콜	괜찮은 남자애들은 다 임자가 있잖아. 맷처럼.
헤더	멜라니, 나 좀 놀랐다. 네가 맷을 좋아하다니. 걔는 네 타입이 아닌 줄 알았는데.

멜라니　　좀 신기하기는 해. 맷은 좀 다르거든. 내가 이런 얘기할 때 그냥 잘 들어 줘.

헤더　　뭐?

니콜　　어우, 정말 낭만적이야. 어디 있는지 모를 내 남자 친구도 그랬으면 좋겠다.

헤더　　졸트는 날 사랑해. 걔는 내 몸에서 손을 뗄 줄 몰라. 질투심도 많고. 걔가 질투할 때 너무너무 귀엽다니까. 내가 다른 남자만 쳐다봐도 난리야. 맷은 어때?

멜라니　　글쎄, 질투하는 것 같진 않아. 좀 다르다니까.

니콜　　그래, 맷은 점잖지.

멜라니　　맷은 뭐랄까, 진짜 친구 같아.

니콜　　난 친구 같은 남자 친구가 좋아.

헤더　　니콜, 멜라니가 말하는 건 그런 게 아니야. 멜라니, 그래서?

멜라니　　그래서는 뭐가 그래서야? 별거 아니야.

헤더　　아니야, 말해 봐. 뭐야?

멜라니　　아무한테도 말 안 할 거지?

니콜　　맹세!

헤더　　뭔데?

멜라니　　남자애들은 보통 그렇잖아. 여자가 그만이라고

하기 전에는 어디까지 되는지 어떻게든 해 보려고 하잖아. 근데, 맷은…… 그러지 않아.

헤더와 니콜이 뭔가 알아차린 듯 시선을 주고받는다.

니콜 살을 갑자기 너무 빼서 힘이 없는 건가.

헤더 뭐라는 거니? 졸트 말로는 레슬링 시즌 때, 애들이 더 흥분한다던데?

멜라니 뭐 때문인지는 모르겠지만 많이 조심스러워하는 것 같아.

헤더 어쩌면.

니콜 맷한테 직접 물어봐.

헤더 얘, 또 뭐라는 거니? 그런 건 남자한테 물어보는 게 아니야.

멜라니 한편으로는 난 그게 좋아. 신경 쓸 일이 하나 줄었으니까.

헤더 뭔가 다른 이유가 있어.

멜라니 무슨?

헤더 어쩌면 맷이랑 루크에 대한 소문이 사실일지도 몰라.

니콜 그래, 그러면 얘기가 되네.

멜라니　　맷이 게이라면 왜 나랑 사귀겠어?

니콜　　맞아, 그건 또 말이 안 되잖아.

헤더　　자기가 게이라는 걸 숨기고 싶다면 말이 되지. 그러면 멜라니랑 사귀는 게…… 멜라니, 이렇게 말해서 미안, 완벽한 속임수가 되는 거니까.

니콜　　그래. 다른 사람들한테 나는 게이가 아니에요, 보여 주기 위해서 멜라니와 데이트하는 건지도 몰라.

헤더　　그런 거라면 너무 치사하잖아. 멜라니, 그만둬. 그런 식으로 맷한테 이용당하지 마.

멜라니　　그럴 리 없어.

헤더　　그럼 지금 이 상황을 어떻게 설명할 건데?

니콜　　그래. 왜 보통 남자애들처럼 너한테 덤벼들지 않냐고?

멜라니　　단지 그거에 별로 관심이 없나 보지.

헤더　　야, 그런 남자애가 어디 있냐?

멜라니　　하긴, 그렇긴 해.

헤더와 니콜이 침묵 속에서 시선을 주고받는다.

헤더　　맷은 거의 하루 종일 루크와 같이 있잖아. 그치?

멜라니 응. 어렸을 때부터 친구니까 아무래도.

헤더 그래서일 수도 있어.

멜라니 무슨 뜻이야?

침묵.

니콜 멜라니는 아직 못 봤나 봐.

멜라니 뭘?

니콜 말해 줘.

헤더 페이스북. "동성애 날 퍼레이드".

니콜 걔네들 그날 계획을 다 올렸어. 어디에서 언제 뭘 어떻게…….

헤더 네가 말할래? 내가 말할까?

니콜 네가 해. 난 그냥…….

헤더 누가 루크 사물함에 "호모 새끼"라고 써 놨잖아. 그 사진도 올렸다니까. 보란 듯이.

침묵.

니콜 (깔깔거리며) 벌써 서른여섯 명이나 '좋아요'를 눌렀어.

멜라니 그게 웃기니?

헤더 멜라니. 니콜은 그냥 농담하는 거야.

니콜 그래. 그렇다고 누가 어떻게 하겠어?

헤더 내 말은, 맷은 루크랑 종일 붙어 다니고 섹스에는 무관심하고, 그렇다는 얘기야.

헤더와 니콜, 함께 웃는다.

니콜 아무래도 네가 그냥 맷에게 물어보는 게 좋을 것 같아.

헤더 니콜, 아니라니까. 말했잖아. 그건 말도 안 돼. 그런 걸 남자에게 불쑥 물어볼 수는 없어.

니콜 왜 못 해?

헤더 넌 노처녀로 늙어 죽기 전에 남자 친구나 만들어.

니콜 내가 얘기했잖아. 괜찮은 애들은 다 임자가 있다고.

헤더 멜라니가 맷을 차 버리면 너한테 기회가 올 수도 있겠네.

니콜 난 여전히 맷이 섹시하다고 생각해. 게이라고 해도.

헤더 그러시겠지.

버저가 울린다.

심판이 호루라기를 불며 졸트와 헤더를 가리키자 두 사람은 시합 시작 자세를 취한다.

두 사람 탐색하듯 빙빙 돌다가 서로 잡고 껴안고 매트 위에 뒹군다.

심판이 다시 호루라기를 분다.

'17번 사인'을 하며 말한다. "잡기 반칙!"

졸트와 헤더는 전혀 신경 안 쓴다.

심판이 사인을 반복하며 말한다. "잡기 반칙!"

졸트와 헤더는 계속 껴안고 있다.

심판이 졸트를 가리키며 '8번 사인'을 하며 말한다. "선수, 제자리로!"

헤더 졸트, 진정해. 금방 엄마 올 거야.

졸트 이 층으로 올라가자.

헤더 야, 엄마가 집에 오는 중이라니까.

졸트 제발. 널 너무 사랑해서 미칠 지경이야. 제에발.

헤더 지금은 안 돼.

졸트 어디 가는데? 이리 와.

헤더 너 너무 위험해.

졸트 이리 좀 오라니까.

헤더 몇 시야?

졸트 아주 날 죽이는구나. 차라리 칼로 나를 찔러. 이리 와, 제발. 이 고통에서 날 좀 구해 줘.

헤더 별로 고통스러워 보이지 않는데?

졸트 온몸이 뻥 터질 것 같단 말이야. 네가 나를 나사로 꽉 조이고 있는 것 같다고.

헤더 조인다고? 내가? 뭘?

졸트 제발. 난 네 거야.

헤더 안 돼. 엄마가 금방 들이닥칠 거야. 게다가 내가 널 좀 알거든.

졸트 누구, 나? 아무 짓도 안 했잖아. 네가 아무 짓도 못하게 했잖아.

헤더 네 머릿속엔 오직 그 짓뿐이니까. 가만있어 봐. 네가 궁금해할 만한 얘기 하나 알고 있는데.

졸트 얘기는 나중에. 응?

헤더 넌 나하고 얘기 같은 건 하고 싶지 않지?

졸트 그럴 리가! 다만 지금은 아니라는 거야.

헤더 멜라니와 데이트하는 어떤 레슬링 선수 얘기야.

졸트 하지 마. 그 자식 짜증 나.

헤더 재미있을 텐데.

졸트 아무리 재미있어도 오늘 연습 때 엉망이었던 기

분이 좋아지진 않을 거야.

헤더　뭔 일 있었어?

졸트　맷이 70kg으로 내려갔어. 이제 나는 루크하고 붙는 거지.

헤더　어떡해?

졸트　그러니까! 그 변태 자식 만지기도 싫어.

헤더　내 얘기는 들을 거야, 말 거야?

졸트　선발전에서 그 자식 묵사발을 만들어 버릴 거야.

헤더　글쎄다. 지난주 연습 때 루크가 널 두 번이나 다운시켰지, 아마.

졸트　너 누구 편이야?

헤더　사실이잖아. 다 봤는데 뭐.

졸트　그 녀석 아주 정신 못 차리게 해 줄 거야. 성질 뻗치게 약을 올려 줄 거라고. 쥐구멍도 못 찾게 할 거야.

헤더　걱정 마. 네가 이긴다니까.

졸트　못 이기면?

헤더　그러면 지는 거지. 그렇다고 세상이 끝나지는 않아.

졸트　뭔 소리야? 그런 놈한테 진다는 건…… 완전 끝이라고.

헤더 진다고 해도 널 사랑해.

졸트 안 져. 질 수 없어.

헤더 내가 들은 얘기, 해, 말아?

졸트 낮은 자세로 파고들어 녀석을 넘어뜨리는 거지. 그리고 무슨 일이 일어났는지도 모르는 사이에 눌러 버리는 거야.

헤더 졸트, 너 진짜 짜증 난다. 넌 내 얘기를 들으려고 하질 않아.

졸트 알았어. 얘기해.

헤더 아무한테도 말 안 한다고 약속해. 안 그러면 멜라니가 날 죽일 거니까.

졸트 알았다니까.

헤더 멜라니가 그러는데, 맷이 멜라니에게 아직까지 아무 짓도 안 했대. 그래서 그런데, 어쩐지 맷이 멜라니를 사귀는 게, 다른 사람들한테 보여 주려고 그러는 것 같지 않아? 여태까지 둘 사이에 아무 일도 없었다니까.

졸트 할 수 없었던 거겠지. 루크가 아니면.

조명이 맷을 비춘다.

심판이 호루라기를 불며 맷을 가리킨다.

맷 넌 나를 안다고 생각하지. 하지만 넌 나를 몰라.

앙상블이 위치를 바꾼다.

심판이 호루라기를 두 번 분다. 장면은 호루라기 소리와 함께 계속 이어진다.

헤더 한때는 우리가 맷에 대해 혹시 뭔가 잘못 아는 게 아닐까 생각했는데. 아니야, 이제는…… 확실히 알겠어.

졸트 왜 우리가 그런 자식들 얘기 하며 시간을 낭비하는 거야? 이리 와 봐.

둘이 껴안는다.

문이 열렸다가 쾅 닫힌다.

헤더와 졸트 재빠르게 떨어져 머리와 옷매무새를 매만진다.

심판이 엄마 역할을 한다.

헤더 어, 어 엄마, 왔어?

졸트 아, 아 안녕하세요? 아주머니. 장 본 거 좀 들어드릴까요?

버저가 울린다.

심판이 '6번 사인'을 하며 말한다. "통제 불가!"

심판이 호루라기를 분다.

심판이 맷과 윌리를 가리키자 둘은 자세를 취한다.

심판이 연습 시합을 시작하라는 호루라기를 분다.

앙상블은 응원한다.

심판이 호루라기를 불자 시합이 시작된다.

두 선수는 서로 빙빙 돌다가 맞붙는다.

시합하는 동안 시끄럽고 소란스러운 음악이 깔린다.

레슬링은 실시간 동작으로 시작해서 느린 동작으로 바뀐다.

다시 실시간 동작으로 바뀐다.

앙상블은 경기 시간과 같은 속도로 반응한다.

윌리가 어드밴티지를 얻어, 맷을 쓰러뜨린다.

심판이 '19번 사인'을 하며 말한다. "2점!"

다시 버저가 울린다. 1라운드 끝.

심판이 윌리와 상의한 뒤, 호루라기를 분다.

맷이 방어 자세를 취한다.

윌리가 맷의 등 뒤에서 공격 자세를 취한다.

심판이 호루라기를 분다. 2라운드 시작.

두 선수가 맞붙는다.

윌리 밑에 깔린 맷이 빠져나오려고 애쓴다.

심판이 '15번 사인'을 하며 말한다. "뒤집기!"

윌리 뭐야? 방금 반칙이잖아! 그딴 식으로 내 몸을 건드리면 대갈통 날려 버린다!

맷 뭔 소리야? 이거 정당한 기술이야.

심판이 호루라기를 분 뒤 사인을 반복하며 말한다. "경기 재개!"

윌리 네가 아무리 더럽게 시합해도 너 같은 건 한 방에 밟아 버릴 수 있어.

맷 미쳤냐? 난 아무 짓도 안 했어.

심판이 호루라기를 분다. 사인을 반복하며 말한다. "경기 재개!"

윌리 아, 짜증 나. 시합 안 해. 저 자식이 내 몸에 손대는 거, 참을 수가 없어.

윌리가 매트에서 나간다.

앙상블이 맷을 손가락질하며 수군거린다.
맷이 심판에게 도움을 청한다.

맷 말 좀 해 줘요. 반칙이 아니잖아요.

심판이 호루라기를 분 뒤 맷의 손을 들어 올리며 말한다. "기권승!"

윌리 내 몸에서 손 떼라. 다 알거든. 네가 어떤 놈인지.

앙상블이 코러스 역할을 한다.

헤더 멜라니가 우리한테 말했어.
졸트 멜라니가 모두에게 말했지.
니콜 모두에게.
윌리 이제는 모두 너에 대해 알지.

맷이 머리 보호대를 벗어 던진다.
앙상블이 수군거리며 손가락질한다.

루크 맷, 기다려.
맷 꺼져. 꺼지라고.

루크가 맷에게서 물러난다.

심판이 호루라기를 분 뒤 '11번 사인'을 하며 말한다. "교착 상태!"

버저가 울린다.

심판이 호루라기를 불며 코리와 루크를 가리킨다.

코리 역사 시험 몇 점 받았어?

루크 93점.

코리 나보다 잘했네. 난 한심하게도 89점.

루크 어.

코리 우리 얘기 좀 할까?

루크 무슨 얘기?

코리 모르겠어. 네 기분이 나아질까 해서.

루크 코리, 맷은 이해 못 해. 짐작도 못 하고 있다고.

코리 목표 달성하느라 바쁘니까.

루크 맞아. 한 번에 한 게임씩.

코리 그래도 맷한테 말해야 해.

루크 뭘 말해? 그게 그렇게 쉬운 게 아냐.

코리 네 말이 맞다. (사이) 사람들 모두 자기가 느끼는 걸 솔직하게 털어놓을 수 있다면 얼마나 좋을까. 나라면…….

루크	너라면 뭐?
코리	아냐.
루크	코리?
코리	응?
루크	나 가끔 그런 생각 해…… 아니다, 모르겠다. 맷한테는 말하지 마.
코리	안 할게.
루크	모르겠어. 정말 만약에 그게…… 아, 진짜 모르겠다.
코리	나도 모르겠어. (사이) 루크?
루크	응?
코리	난 가끔 네 생각해.

버저가 울린다.

앙상블이 움직인다.

심판이 호루라기를 불며 맷과 멜라니를 가리킨다.

멜라니가 맷에게 안기려고 한다.

맷이 피한다.

멜라니	뭐 잘못됐어?
맷	모든 게 잘못됐지.

멜라니 우리, 얘기 좀 할까?

맷 아니. (사이) 응. (사이) 아니.

멜라니 연습은 어땠어?

맷 엉망진창.

멜라니 선발전 걱정돼?

맷 그렇기도 하고.

멜라니 경기할 때 선제공격할 거야?

맷 모르겠어. 난 수비를 더 잘해.

멜라니 내가 쭉 봤잖아. 네가 이길 거야.

맷 잘 모르겠어. 아무것도 확신 못 하겠어.

멜라니 난 네가 윌리를 이길 거라고 믿어.

맷 그 얘기는 하고 싶지 않아.

멜라니 좋아, 그럼 레슬링 얘기는 그만. 그냥 너랑 함께 있고 싶어. (사이) 맷?

맷 왜?

멜라니 이리 가까이 앉아 봐. (맷이 앉는다. 두 사람 잠시 기다린다. 멜라니가 맷을 쓰다듬는다. 맷이 멜라니를 꽉 잡는다.) 야, 왜 이렇게 급해? (맷이 멜라니를 매트 위에 눕힌다.) 맷! 아파. 네가 날 아프게 하잖아.

맷 내가?

멜라니 대체 왜 그래?

맷 아무것도 아냐.

멜라니 왜 이러는데?

맷 네가 원하는 게 이런 거 아니야?

멜라니 그만해. (맷은 멈추지 않는다. 멜라니를 내리누른다.) 그만하라고. 맷! 그만!

맷 네가 원하는 게 이런 거 아니냐고?

멜라니 아냐! 이런 게 아니야!

맷 윌리한테 그랬다며? 내가 못 하는 놈이라고. 아니야? (맷은 레슬링 포인트를 얻을 정도로 멜라니를 누른다.) 지금 내가 할 수 있을 것 같아? 못 할 것 같아? 어?

멜라니 알았어. 알았으니까. 제발 나 좀 놔줘. (맷이 멜라니를 놓아준다. 멜라니가 운다.) 대체 왜 이러는 거야?

맷 너야말로 대체 왜 그랬어?

멜라니 윌리와 얘기한 적도 없어. 아니, 만약 얘기했다 하더라도 네가 나한테…… 나한테 이럴 수는 없어.

맷 네가 원하는 게 이런 건 줄 알았지. 다른 남자애들하고 그랬던 것처럼.

멜라니 내가 그랬던 것? 내가 그랬는지 아닌지 네가 어떻게 알아? (앙상블이 뒤에서 수군거린다.) 걔들이 뭘 알아? 뒤에서 나에 대해 쑥덕거리고 다니는 걔들은 날 몰라. 내 기분이 어떤지 모른다고. 난 아무하고도 안 잤어. 아무하고도. 윌리뿐 아니라. (웃고 있지만 눈물이 흐른다.) 웃기지? 안 그래? 난 아무도 좋아한 적 없어. 너 말고는…….

맷　지금 그 말을 믿으라는 거야?

멜라니　마음대로 해.

맷　말해 줘. 내가 뭘 믿어야 할지.

멜라니　이젠 아무 상관없어.

앙상블이 조용하다.

맷　멜라니…….

멜라니　건드리지 마.

맷　왜 아무 말 안 했어? 왜 다들 그렇게 믿게 놔뒀냐고. 그러니까, 네가……. (주저한다.)

멜라니　계속해. 말해 봐! 걸레라고.

맷　왜 그런 거짓말을 다 참은 거야?

멜라니　내가 왜 참았냐고? 좋았으니까. 이해 못 하겠지? 걔들이 내 얘길 하는 게 좋았으니까. 알겠어? 그

전에는 아무도 나에 대해서 얘기를 하지 않았어. 사람들은 내가 이 세상에 있는지도 몰랐을 테니까. 그런데 이제는 남자애들이 서로 내 얘기를 떠벌리고 다니잖아. 다들 나하고 데이트하고 싶어 안달을 내고. 내 별명이 모두 다 따먹는 '체리' 가르시아가 아니었으면, 네가 나에게 사귀자고 했을까? 그랬을까? (사이) 그럴 줄 알았어.

맷 멜라니…… 미안.

멜라니 됐어. 너라고 뭐 다르겠어?

맷 잠깐.

멜라니 마침내, 나를 특별한 사람으로 느끼게 해 주는 남자를 만났다고 생각했어. 근데 착각이었네. 나도 내가 보고 싶은 대로 널 만든 거야. 그건 네 진짜 모습이 아니야. 너도 다른 애들과 똑같아.

심판이 호루라기를 분 뒤 '15번 사인'을 하며 말한다. "역전!"

멜라니는 앙상블에 합류한다.

코리가 매트 위로 들어온다.

코리 굴러 온 호박을 뻥 차 버렸네.

맷 그만 긁어라.

코리 멜라니는 이제 너하고 말도 안 할 거야.

맷 그러겠지.

코리 어쩔 거야?

맷 선발전에서 윌리를 박살 낼 거야.

코리 멜라니 말이야.

맷 선발전에서 윌리를 박살 낼 거야.

버저가 울린다.

조명이 어두워지며 밤이 된다.

앙상블은 어둠에 가려 보이지 않는다.

루크가 등장한다.

혼자가 아니라는 걸 느낀다.

어디선가 날아온 주먹을 한 방 맞는다.

루크가 바닥에 쓰러진다.

루크 뭐야……. (얼굴을 가린다.) 왜 이래? 그만! 하지 마!

루크가 얼굴과 몸을 꼼짝없이 얻어맞는다.

가해자들은 보이지 않는다.

루크의 얼굴과 몸동작으로 폭행의 정도를 짐작할 수 있다.

심판이 호루라기를 분 뒤 '21번 사인'을 하며 말한다. "노골적인 반칙!"

루크가 기어서 매트 밖으로 나간다.

조명이 다시 들어온다.

앙상블이 다시 모인다.

심판이 호루라기를 불며 맷과 코리를 가리킨다.

코리 계체량은 통과했어?

맷 그럼. 당근이지.

코리 멜라니도 왔네.

맷 어디?

코리 긴장하지 마. 저기 멀리 있어.

맷 루크는 봤어?

코리 아니. 오늘 학교 안 온 거 같아.

맷 무슨 소리야? 오늘이 시합 날인데.

코리 어젯밤에 전화 왔어. 목소리가 안 좋더라고.

맷 뭐래?

코리 말 못 해. 얘기 안 하기로 약속했어.

맷 그럼 얘길 왜 꺼내?

코리 걱정되니까 그러지. 학교 안 온 것도 이상하고. 지금 어디 있을까?

맷 시합에는 올 거야.

코리 집에 전화했더니 없어. 걔네 엄마도 어디 있는지 몰라서 걱정하시더라고.

맷 몇 시야?

코리 세 시 십 분.

맷 아직은 몸을 푸는 시간이야. 시합은 네 시니까 그 때까지는 오겠지.

코리 루크가 몸 푸는 거 빼먹는 거 봤어? 진짜 걱정되네.

맷 라커룸은?

코리 지금 거길 들어가 보라고?

맷 여기 있어. 내가 가 볼게.

심판이 맷과 졸트, 윌리를 가리킨다.

윌리 오, 이게 누구신가.

졸트 그러게. '바른생활 맨'께서 오셨네.

윌리 누구 찾아?

졸트 아, 네 똘마니 찾는 거야?

맷 엿이나 먹어.

윌리 당근 루크를 찾는 거겠지.

맷 아무도 안 찾거든.

졸트 어디 보자, 루크라…….

윌리 기억났냐? 한때 너하고 같은 75kg급 선수였지, 아마.

맷 뭐? 선수였다니?

윌리 걔 레슬링부 관뒀다던데.

졸트 선발전 때문에 완전 쫄았구나.

윌리 코치 선생 말이 오늘 시합 안 나간대. 그럼, 기권패가 되는 건가?

졸트 아쉽다. 관중들 앞에서 제대로 굴욕 한번 주려고 했더니.

윌리 두 판이 될 수도 있었지.

맷 너희 이러는 게 좋냐?

졸트 좋지.

윌리 나도 좋은데.

맷 어디 있어?

졸트 누구를 찾는 게 아니라며.

윌리 아무 데도 안 보이는 걸 어떡하냐? 넌 봤냐?

맷 어디 있어?

졸트 알아도 내가 말할 거 같냐?

맷 (분을 삭이며) 고맙다. 네 덕에 거의 잊고 있던 게 생각났네.

윌리 도움이 됐다니 기쁘다.

졸트 그러게. 도움을 주는 건 언제나 기쁜 일이라니까.

심판이 호루라기를 분 뒤 '2번 사인'을 하며 말한다. "타임아웃!"

조명이 어두워진다.

심판이 워밍업 재킷을 입은 루크를 맷에게 데려온다.

맷도 워밍업 재킷을 입는다.

맷 어우, 추워. 언제부터 여기 있었던 거야?

루크 어젯밤부터.

맷 이 차고에서 밤을 새웠다고? 얼어 죽지 않은 게 다행이다.

루크 운동을 계속했더니 괜찮아. 게바르트 노인네한테 들킬 뻔했지만.

맷 그 노인네 멍청한 개가 짖어서?

루크 짖었지. 게바르트 노인네가 손전등을 들고 나오긴 했는데 밤눈이 어두우신 덕에 살았지. 안 그랬으면 잡혔을 거야.

맷 우리 집에 오지. (사이) 너 레슬링부 관뒀다며.

루크 코치 선생한테 선발전 못 나간다고 말했어.

맷 못 나간다고? 선발전이 무슨 단합 대회야? 못 나가? 야, 미쳤어?

루크 그래. 네 말대로야. 나 미쳤어. 그래서 관두는 거야.

맷 그런 뜻이 아니잖아. 왜 그랬어?

루크 그냥 그랬어. 이유 없어.

맷 왜 그러는데? 왜 관둔 거냐고?

루크 너 시합에 늦겠다.

맷 그래, 이제 곧 시합이라고!

루크 그러니까 가라고.

맷 마음대로 해라. 여기서 뼈를 묻든지 말든지. (맷이 가려다가 멈춘다.) 진짜 안 간다고? 여기서 관둘 수는 없어. 너, 꽤 잘하는 놈이잖아. 루크, 너 안 가면 나도 안 가. (맷이 루크에게 다가간다. 루크가 후드 모자를 벗는다. 조명이 루크의 피투성이 얼굴을 비춘다.) 뭐야, 왜 이래? 누가 이랬어?

루크 두 놈이었는데.

맷 두 놈?

루크 마스크를 쓰고 있어서 정확히는 몰라. 걔네들일 거야.

맷 왜 말 안 했어?

루크 이미 바닥인데 더 바닥 치기는 싫다.

맷 나한테는 말했어야지.

루크 말하면 뭐? 네가 어떻게 할 건데?

맷 그 두 놈 자식 찾아서 피 터지게 패 줘야지. 한 번에 한 놈씩.

루크 그럴 줄 알았다.

맷 나더러 어쩌란 말이야?

루크 시합에 나가서 윌리를 때려눕혀.

맷 널 여기다 놔두고? 난 못 가.

루크 난 괜찮아.

맷 너 안 가면 나도 안 간다니까.

루크 가는 게 좋아.

맷 무슨 뜻이야?

루크 우리가 친구가 아니었으면 이런 일이 일어났을까?

맷 네 잘못이 아니잖아. 누구한테나 일어날 수 있는 일이야.

루크 그게 나한테 일어났지.

맷 그래서?

루크 그래도 모르겠어? 걔네들이 나를 찍어 내렸어. 바닥에다 때려눕혔다고. 끝장낸 거란 말이야. 루크는 변태 호모 새끼다. 공개 발표한 거지.

맷 넌 변태 호모가 아니야. 걔네들이 너에 대해 뭘 알아?

루크 아니, 다 알걸. 어쩌면 내가 모르는 것까지도.

맷 걔네들은 아무것도 몰라.

루크 나에 대한 말들이 다 사실이면 어쩔래? 사실일 수 있다고 생각 안 해 봤어?

맷 전혀.

루크 그럼 이제부터 생각해 봐.

맷 (서성거리다가) 잘 들어. 난 너를 잘 알거든. 내가 아는 너 말고 사람들이 떠드는 말들은 신경 안 써. 나한테는 무의미한 얘기들이야. (사이) 여기 있다가는 얼어 죽겠다.

루크 수학 시험 안 도와줘서 미안.

맷 괜찮아. 어쨌거나 통과는 했어.

루크 너하고 좀 떨어져 있으면 괜찮아질 거라고 생각했어.

맷 그래서? 평생 여기 숨어서 살 거야?

루크 아니.

맷 너랑 여기서 더 얘기하다가는 진짜 얼어 죽겠다. 가서 좀 씻어. 시간이 별로 없어.

루크 나 좀 무섭다.

맷 왜 아니야? 난 아니겠어? 그래도 졸트와 윌리 자식들이 착한 놈, 나쁜 놈 구분은 해 줬잖아. 가자니까. 안 간다고 하면 내 손에 죽는다. 일어나.

루크 야, 너 지금 네 엄마보다 더 심하게 쪼아 대는 거 알아? 너 좀 미친 것 같아.

맷 알았으니까. 가자고.

루크 이길 자신이 없어.

맷 나도 그렇다니까! 하지만 우리가 안 가면 걔네들이 이기는 거잖아. (루크를 부축해서 걸을 수 있게 도와준다.) 만약 졸트한테 깨져서 너 죽으면 네 시신은 의학의 발전을 위해 기증할게.

버저가 울린다.

심판이 '19번 사인'을 하며 말한다. "2점!"

조명이 다시 들어온다.

맷이 루크를 부축해서 매트 밖으로 나간다.

졸트와 루크가 머리 보호대를 쓰고 시합을 위해 몸을 푼다.

앙상블 (응원한다.)

똑딱, 똑딱, 똑딱, 똑딱, 똑딱, 똑딱, 똑딱.

꼼짝 마! 거기 서! 폭탄 하나 넣어 보자.

쾅! 다이너마이트 하나 터진다!

쾅! 쾅! 다이너마이트 두 개 터진다!

쾅! 다이너마이트 하나 터진다!

쾅! 쾅!

다이너마이트 잘못 건드리면

언제 터질지 몰라!

똑딱, 똑딱, 똑딱, 똑딱, 똑딱, 똑딱, 똑딱. 쾅!*

심판이 호루라기를 분다.

졸트와 루크를 가리키며 시합 위치로 오라고 지시한다.

심판이 호루라기를 다시 불면 두 선수 악수한다.

심판이 루크의 얼굴을 확인한다.

시합 시작을 알리는 호루라기를 분다.

음악이 시작된다.

실시간 동작, 느린 동작, 실시간 동작이 이어진다. 이전의 경기 장면과 같다.

졸트가 몸을 낮춰 공격한다.

루크를 넘어뜨린다.

---

* 일종의 응원 구호.

졸트가 루크를 핀 시키려고 애쓰지만 루크는 몸을 비틀어 졸트의 조임에서 빠져나온다.
버저가 울린다. 1라운드 종료.
심판이 '19번 사인'을 하며 말한다. "2점!"

심판이 호루라기를 분다.
방어 자세를 취하고 있는 루크를 가리킨다.
졸트가 루크 뒤에서 무릎을 꿇고 앉는다.
심판이 호루라기를 불어 2라운드를 시작한다.
졸트가 루크를 뒤집어 등을 매트 바닥에 붙이려고 애쓴다.
둘 다 안간힘을 쓴다.
루크가 주도권을 잡는다.
졸트가 매트 밖으로 나가 버린다.
심판이 호루라기를 분 뒤 '7번 사인'을 하며 말한다. "구역 이탈!"

심판이 다시 호루라기를 불자, 졸트가 방어 자세를 하고 루크가 뒤에서 자세를 취한다.
졸트가 루크를 굴리며 주도권을 잡는다.
두 선수 서로 팽팽하게 겨룬다.
심판이 핀 상태인지를 확인하기 위해 바닥에 엎드린다.

앙상블 십…… 구…… 팔…… 칠…… 육…….

심판이 매트 바닥을 치며 소리친다. "하나, 둘……."

버저가 울린다.

루크의 패배.

졸트가 기뻐하며 껑충 뛰어오른다.

앙상블이 환호한다.

루크가 바닥에 누웠다가 일어선다.

심판이 호루라기를 불어 선수들에게 악수하라고 지시한다.

루크와 졸트가 서로 손을 가볍게 부딪친다.

심판이 졸트의 손을 위로 들어 올려 승리를 알린다.

앙상블이 환호한다.

루크가 머리 보호대를 벗는다.

코리가 루크를 다독인다.

앙상블 (응원한다.)

까불지 마! 까불지 마!

짱한테 까불지 마!

짱은 까불지 않아!

나대지 마! 나대지 마!

짱한테 나대지 마!

짱은 나대지 않아!
이리 봐도 저리 봐도
윌리가 짱! 짱! 짱! 윌리가 짱이야!

심판이 호루라기를 불며 맷과 윌리를 가리킨다.
두 사람 서로 노려보며 시작 자세를 취한다.

윌리 준비됐냐?
맷 준비? 널 박살 내기 직전이지.

심판이 악수하라는 사인을 보낸다.
심판이 경기 시작을 알리는 호루라기를 분다.
선수들이 팔을 걸고 테이크다운* 하려고 애쓴다.
둘 다 주도권을 잡으려고 애쓰지만 실력이 팽팽하다.
윌리가 맷을 먼저 넘어뜨린다.
심판이 '19번 사인'을 하며 말한다. "2점!"
맷은 벗어나려고 애쓰지만 윌리가 맷을 뒤집어 어깨를 매트에 닿게 하려고 한다.

---

* Takedown. 서 있는 상대 선수를 쓰러뜨려 매트에 눕히는 것. 테이크다운 공격에는 2점이 주어진다.

윌리가 다리 꼬기 기술을 써서 맷을 아프게 꽉 잡는다.

관중이 핀을 기대하며 환호한다.

맷이 윌리를 뒤집으며 주도권을 잡는다.

심판이 빠져나온 맷에게 1점을 준다.

맷이 윌리를 매트 바닥 가까이 누른다.

앙상블이 점점 크게 환호한다.

심판이 매트 바닥을 치며 카운트한다. "하나, 둘……."

심판이 핀을 선언한다.

버저가 울린다.

앙상블 (응원한다.)

맷, 네 응원 구호가 뭐냐?

V-I-C-T-O-R-Y! 맷! 파이팅!

윌리가 씩씩거리며 일어난다.

심판이 선수들에게 악수하라고 사인을 보낸다.

맷이 손을 내밀자 윌리는 맷의 손을 스치기만 한다.

심판이 호루라기를 분 뒤 맷의 손을 위로 들어 올려 승리를 알린다.

앙상블이 환호한다.

졸트 아직 끝난 게 아니야. 한 번은 졌지만 한 번 더 남았어.

맷 지금 당장 끝내 줄 수도 있지.

윌리 그거, 좋은 생각인데.

루크 맷, 그냥 가자.

맷 좀 비켜 봐. 넌 여기 낄 몰골이 아니잖아.

졸트 아직 덜 당했나 봐?

루크 맷, 이런 게 윌리가 원하는 거야.

맷 아니, 이런 게 내가 원하는 거야.

루크 너 지금 이러면 자격 박탈이야. 그럼 윌리가 네 자리를 차지할 거라고.

맷 상관없어.

루크 난 상관있어.

맷 비켜, 루크.

졸트 그래, 비켜라. 루크.

루크 네가 나한테 한 말 기억 안 나? 우린 꼭 붙어 있어야 된다며? 안 그러면 쟤들이 이기는 거라며? 난 안 비킬 거야. 윌리랑 붙고 싶으면 나부터 해치워.

졸트 오, 그거 좀 보고 싶어지네.

루크 넌 이겼어, 오늘. (사이) 나도 그렇고.

코리 루크 말이 맞아. 싸울 가치도 없는 애들이야.

루크 가자.

졸트 싸움 말고 둘이서만 더 좋은 걸 하려나 보다. 어?

맷 (졸트에게 초크*를 건다.) 루크를 봐! 쟤를 좀 보라고! 루크가 여기 나타나기까지 얼마나 용기가 필요했는지 알아? 한 번만 더 내 친구 손가락 하나라도 건드렸다가는 이 매트에서 다시는 일어날 수 없게 밟아 버릴 줄 알아!

심판이 호루라기를 불고 잠시 생각한다.

심판이 '8번 사인'을 하며 말한다. "선수, 제자리로!"

맷이 졸트를 풀어 준다.

졸트 우리가 안 그랬어. 누가 네 친구를 그렇게 만들었는지 모르지만 우리는 아니야.

앙상블이 이동한다.

심판이 멜라니와 코리를 가리킨다.

멜라니 너희 오늘 밤 축하 파티 할 거지? 그치?

---

* Choke. 목을 조르는 레슬링 기술 중 하나.

코리 그럴걸? (사이) 같이 갈래?

멜라니 아니.

코리 너랑 맷 사이 일은 미안해.

멜라니 네 잘못도 아닌데, 뭘.

코리 어쨌거나 미안해. 맷 때문에 상처받았니?

멜라니 무슨 일이 있었는지 맷이 말 안 해?

코리 그냥 어쩔 줄 몰라 하더라. 넌 괜찮아?

멜라니 괜찮아. 아니, 안 괜찮아. 맷은 나를 진짜로 좋아해 주는 줄 알았어. 되게 웃기지? 맷 같은 애가 나 같은 애를 좋아했다는 생각.

코리 안 웃겨.

멜라니 아냐, 웃겨. 금세기 최고의 유머야. 내가 그렇게 만들었거든. 다른 애들이 내 얘기를 그런 식으로 하게끔 만들었다고. '멜라니는 섹시해, 게다가 잘 줘.' 맷은 내가 그런 걸 원한다고 생각했나 봐. 그러니까 난 그런 일을 당해도 싸.

코리 아니야. 네가 원한 게 아니잖아. 맷의 비뚤어진 목표 때문에 네가 이용되어서는 안 돼! 그래도 되는 사람은 아무도 없어.

멜라니 난 그냥 맷을……. (코리가 멜라니에게 손을 뻗는다. 멜라니가 움찔한다.) 진짜 아이러니한 게 뭔지 알아? 맷이 원한다면 뭐든지 줄 수 있었다는 거야.

코리 멜라니?

멜라니 응?

코리 난 너희 둘이 정말 잘 어울린다고 생각해. 정말로.

멜라니 하지만 이미 우리는 어긋난 것 같아.

코리 맷한테 말해 보면 되지 않을까?

멜라니 그냥 사라져 버리고 싶다.

침묵.

코리 야, 나 내일 카페에서 시 낭송회 하거든.

멜라니 맞아. 너 거기 자주 간다며.

코리 거기 괜찮은 친구들 많이 오는데. 같이 갈래?

멜라니 아니야. 공부할 게 밀렸어. 알잖아.

코리 그래 다 그렇지. 그럼 다음에는 같이 가자.

멜라니 그래, 다음에는.

조명이 코리와 멜라니를 비춘다.

심판이 호루라기를 불며 코리와 멜라니를 가리킨다.

코리/멜라니 넌 나를 안다고 생각하지. 하지만 넌 나를 몰라.

앙상블이 움직인다.

심판이 호루라기를 두 번 분다. 장면은 호루라기 소리와 함께 계속 이어진다.

심판이 맷과 멜라니를 가리킨다.

맷	내가 해냈어. 멜라니, 내가 이겼어!
멜라니	축하해.
맷	멜라니, 잠깐만.
멜라니	안 돼. 친구들이 기다려.
맷	걔네들은 네 친구가 아니야. (사이) 전화할게.
멜라니	못 받을 수도 있어.
맷	너에게 얘기하고 싶어. 다 설명하고 싶어.
윌리	얼른 와, 멜라니. 너 기다리다 늙어 죽겠다.
멜라니	가고 있어.
맷	저 녀석이 기다리는 거야?
멜라니	응.
맷	믿을 수 없어. 넌 재 좋아하지도 않잖아.
멜라니	그래서 뭐?
맷	멜라니, 나한테 기회를 줘.

멜라니　　내가 왜 그래야 되는데?

맷　　윌리는 너를 중요하게 생각 안 해. 저 자식에게 너는 그냥 과시용이라고.

멜라니　　그럼 넌? 넌 뭘 중요하게 생각하는데?

맷　　나도 몰라.

멜라니　　윌리와 있으면 적어도 나에게 뭘 기대하는지는 알아.

맷　　내 말은 그런 게 아니라. 멜라니, 난 널 중요하게 생각해. (멜라니에게 손을 뻗는다. 멜라니는 움츠린다.) 제발, 날 밀어내지 마. 내가 이제까지 잘못했다는 건 나도 알아. 다시 시작하고 싶어. 제대로 하고 싶어.

헤더　　멜라니, 얼른 와. 기다리잖아.

멜라니　　헤더는 내가 널 고발해야 한다던데.

맷　　뭐? 뭐를 고발해? 아무 일도 없었잖아.

멜라니　　아무 일도 없었다고? 너한테는 그렇겠지.

맷　　그런 뜻이 아니야. 그렇게 너를 대하면 안 되는 거였는데. 하지만 나도 화가 나서 그랬어. 내 실수야. 미안해.

멜라니　　나도 네 말을 믿을 수 있으면 좋겠다.

맷　　믿어 줘. 고발 같은 건 하지 말고. 그러지 마. 제발 멜라니.

윌리 너 빼고 간다, 멜라니.

맷 어떻게 할 거야?

멜라니 나도 모르겠어.

맷 저 녀석들이랑 가지 마, 멜라니. 우리 다시 얘기 해 보자. 제발.

맷이 손을 내민다.

멜라니가 망설이다가 맷의 손을 잡았다가 다시 놓는다.

멜라니, 윌리에게 간다.

맷이 매트에 혼자 남는다.

심판이 호루라기를 분 뒤 '15번 사인'을 하며 말한다. "역전!"

심판이 헤더와 졸트를 가리킨다.

헤더 오늘 밤 집에 아무도 없어. 우리 집에서 축하 파티 하자.

졸트 이런, 안 되는데. 오늘 밤 녀석들하고 파티하기로 약속했잖아. 레슬링부 애들, 알잖아?

헤더 아, 그래. 괜찮아. 니콜한테 우리 집에서 자자고 하지, 뭐. 내일 봐.

졸트 그래, 우리 베이비.

심판이 니콜을 가리킨다.

니콜	(나직한 소리로 다급하게) 야, 헤더!
헤더	왜?
니콜	오 세상에! 너한테 이걸 어떻게 얘기하냐? 너 기절할 거야.
헤더	그렇게 드라마처럼 오버하지 말고. 니콜, 말해 봐.
니콜	못 해.
헤더	말 안 하면 여기 사람들 앞에서 네 목을 조를 거야.
니콜	오늘 밤 졸트랑 데이트하기로 했지? 그치?
헤더	실은 아닌데. 왜?
니콜	오, 세상에!
헤더	니콜, 그만해.
니콜	리즈랑 앤 마리가 졸트와 저녁 먹는대.
헤더	뭐?
니콜	아…… 나 말 못 해.
헤더	말해!
니콜	리즈가 더 이상 못 참고 졸트에게 말했대. 자기

가……. (니콜이 헤더에게 귓속말을 한다.)

헤더 닥쳐.

니콜 뭐?

헤더 닥치라고. 네가 잘못 들은 거야.

니콜 그렇지만 리즈가 말하기를…….

헤더 졸트는 날 사랑해. 리즈나 다른 누구하고도 잔 적 없어.

심판이 호루라기를 두 번 분다. 장면은 호루라기 소리와 함께 계속 이어진다.

앙상블이 움직인다.

니콜 알았어, 알았다고. 하지만 나도 내가 뭘 들었는지는 알아.

헤더 아니, 넌 몰라.

니콜 아니, 난 알아.

헤더 아니, 넌 몰라.

니콜 글쎄, 내가 잘못 들은 것일 수도 있지.

헤더 맞아.

버저가 울린다.

심판이 '1번 사인'을 하며 말한다. "경기 종료!"
앙상블이 매트 중앙에 무리 지어 모인다.

심판 스포츠맨 정신은 언제나 승리보다 우선한다. 패배는 청소년 시기에 반드시 배워야 할 교훈이며…….

앙상블은 코러스 역할을 한다.

모두(심판 외) 나는 페어플레이 정신에 따라 승패와 상관없이 도덕적 의무와 윤리를 지키며 경기에 임한다. 승자는 품위와 겸손을 갖출 것이며, 패자는 자부심과 명예를 잃지 않을 것을 항상 기억한다.

앙상블이 관객을 향해 말한다.

헤더 당신은 당신이 옳다고 생각하지.
졸트 당신은 당신이 진실을 안다고 생각하지.
니콜 당신은 당신이 똑똑하다고 생각하지.
코리 당신은 나를 아주 잘 이해한다고 생각하지.
윌리 당신은 나를 꼼짝 못하게 제압했다고 생각하지.

멜라니 당신은 나를 안다고 생각하지. 하지만 당신은 나를 몰라.

루크 당신이 어떻게 나를 알 수 있지?

앙상블(심판 외) 나도 나 자신을 잘 모르는데.

앙상블이 관객과 마주보며 서 있다.

조명이 서서히 꺼진다.

암전.

국내
공연
사진

〈레슬링 시즌〉 서충식 연출, 2013년 6월, 백성희장민호극장(사진:임영환)

"넌 나를 꼼짝 못하게 제압했다고 생각하지."
"넌 나를 안다고 생각하지. 하지만 넌 나를 몰라."
"네가 어떻게 나를 알 수 있지?"
"나도 나 자신을 잘 모르는데." _본문 12쪽

〈레슬링 시즌〉 서충식 연출, 2013년 6월, 백성희장민호극장(사진:임영환)

"그래서 맷하고 루크가 어쨌다는 거야?"
"맙소사, 니콜. 아직도 몰라?"
"그 새끼들, 완전 소름 끼친다니까." _본문 25쪽

〈레슬링 시즌〉 서충식 연출, 2013년 6월, 백성희장민호극장(사진:임영환)

"금요일 밤에 시간 있어?"
"너랑?"
"그래, 나랑."
"데이트 신청이야?"
"그런 거 같지? 어때?" _본문 40쪽

〈레슬링 시즌〉 서충식 연출, 2013년 6월, 백성희장민호극장(사진:임영환)

"뭐야? 방금 반칙이잖아! 그딴 식으로 내 몸을
건드리면 대갈통 날려 버린다!"
"뭔 소리야? 이거 정당한 기술이야." _본문 63쪽

〈레슬링 시즌〉 서충식 연출, 2013년 6월, 백성희장민호극장(사진:임영환)

"마침내, 나를 특별한 사람으로 느끼게 해 주는
남자를 만났다고 생각했어. 근데 착각이었네.
나도 내가 보고 싶은 대로 널 만든 거야.
그건 네 진짜 모습이 아니야.
너도 다른 애들과 똑같아." _본문 70쪽

〈레슬링 시즌〉 서충식 연출, 2013년 6월, 백성희장민호극장(사진:임영환)

"우리가 친구가 아니었으면 이런 일이 일어났을까?"
"네 잘못이 아니잖아.
누구한테나 일어날 수 있는 일이야."
"그게 나한테 일어났지." _본문 77쪽

〈레슬링 시즌〉 서충식 연출, 2013년 6월, 백성희장민호극장(사진:임영환)

"나는 페어플레이 정신에 따라 승패와 상관없이
도덕적 의무와 윤리를 지키며 경기에 임한다.
승자는 품위와 겸손을 갖출 것이며, 패자는 자부심과
명예를 잃지 않을 것을 항상 기억한다." _본문 94쪽

포럼을 위한 안내

공연이 끝난 뒤 포럼을 열 계획이 있다면 커튼콜* 없이 공연 직후 바로 이어서 시작하는 것이 좋다. 커튼콜 대신 마지막 암전 후에 진행자가 등장하여 자신을 소개하고, 곧 이어질 간단한 포럼에 참여해 달라고 관객들을 초대한다. 포럼은 짧으면 이십 분, 길면 한 시간 정도가 적당하다. 진행자는 다음의 다섯 단계를 바탕으로 공연의 주제, 감정, 등장인물 등에 대해 깊이 있게 논의할 수 있도록 관객을 격려한다. 포럼을 반드시 열 필요는 없다. 포럼을 통해 관극 체험이 풍부해질 수도 있을 것이다. 그러나 공연만으로도 충분할 것이다.

동의와 반대

진행자는 다음의 쟁점들을 읽어 주며 관객들에게 쟁점에 동의하면 자리에서 일어나고, 반대하면 앉아 있으라고 한다. 이렇게 공개적으로 의견을 표현하는 1단계에서는 관객이 자신의 의견을 비교적 편안하게 밝힐 수 있을 것이다. 또한 극 중 인물들의 행동에

---

* 연극이나 음악회 따위에서 공연이 끝나고 막이 내린 뒤, 관객이 찬사의 표현으로 환성과 박수를 계속 보내어 무대 뒤로 퇴장한 출연자를 무대 앞으로 다시 나오게 불러내는 일.

대한 관객 반응을 눈으로 확인할 수 있을 것이다.

1. 멜라니는 맷과 다시 만나야 한다.
2. 졸트가 윌리와 작당해서 루크를 때리지 않았다는 말은 거짓말이다.
3. 소문은 상처가 되지만 지속적인 피해를 주는 것은 아니다.
4. 코리가 맷에게 소문을 잠재우기 위해 아무나하고 사귀라고 한 것은 나쁜 충고다.
5. 맷은 루크를 지켜 주고는 있지만 여전히 동성애 혐오자이다.
6. 소문을 믿는 대부분의 사람은 소문이 사실인지 확인하려 하지 않는다.
7. 맷이 느끼는 성공에 대한 강박은 대부분 자기가 만든 것이다.
8. 극이 끝날 무렵 헤더가 당한 일은 그럴 만하다.

순위 매기기

진행자가 등장인물들을 포럼에 함께 참여하도록 무대로 불러낸다. 등장인물을 소개한 후, 관객들에게 인물들의 행동 중에 가장 공감이 되는 행동부터 가장 공감이 안 되는 행동까지 순위를 정해 달라고 한다. 진행자는 관객들의 반응에 따라 등장인물들을 줄 세운다. 관객들과 함께 누구부터 누구까지인지 확인한다.

진행자는 관객 한 사람을 지목하거나 지원자를 받아 다시 순위를 물어본다. 그 관객이 정한 순위대로 등장인물들을 재배치하여 줄 세운다. 계속해서 진행자가 지목하거나 지원한 관객이 순위를 정하게 하고, 그 이유를 들으며 등장인물들을 재배치한다. 순위 매기기를 통해 사람들의 의견이 서로 다르다는 것을 확인할 수 있을 것이다.

그룹 반응

등장인물들은 관객이 정한 순위에 따라 극 중 자신들의 행동과 동기에 대해 설명한다. 배우들은 미리 연습해서 할 수도 있고, 즉흥으로 반응할 수도 있다. 둘을 병행해도 좋다. 사과의 말일 수도 있고, 관객 의견에 대한 반응일 수도 있고, 극 중 행동에 대한 변명일 수도 있다. 단, 설교는 피한다. 등장인물 자신의 개인적 시각에서 말한다. 이를 통해 관객은 등장인물들에 대한 새로운 정보를 얻을 것이다. 마지막 멘트는 등장인물 중 한 번도 말하지 않은 인물이 있다면 그 인물에게 맡긴다.

국립극단에서 초연된 〈레슬링 시즌〉 공연 후 관객과 함께한 포럼. 이때 진행자는 심판 역을 맡았던 남자배우였다. 진행자가 여자인 경우도 있었지만 포럼의 효과에는 차이가 없었다.

반영

등장인물들에게 하고 싶은 위로, 충고, 지지, 조언 등을 관객에게 부탁한다. 발언 기회를 얻은 관객 스스로 시간과 분량 등을 조정하도록 맡긴다. 진행자는 가능한 관여하지 않는다. 의견이 있는 관객들은 모두 일어선다. 한 번에 한 명씩 자신의 의견을 말한 후 앉는다. 참여하고자 하는 관객 모두가 말할 때까지 순서대로 진행한다. 등장인물들은 듣기만 하는 것이 좋다.

마무리

등장인물 중에 지금까지 말하지 않은 인물이 있다면 자신의 행동과 동기에 대한 생각, 또는 관객 반응에 대한 의견 등을 말하며 포럼을 마무리한다. 긍정적인 분위기로 마무리하는 것이 중요하다.

진행자가 포럼에 참여한 관객 모두와 등장인물/배우들에게 감사 인사를 한다. 모두에게 격려 박수를 보낸다.

커튼콜.

포럼 진행자를 위한 안내

포럼 진행자는 배우들 퇴장 직후 관객들에게 인사하며 포럼 참여를 권한다. 진행자는 포럼이 진행되는 동안 관객 반응에 대해서 어떤 판단도 않는다. 긍정적인 판단도, 부정적인 판단도 하지 않으며 중립적인 입장을 지키는 것이 중요하다.

대화 예시

진행자 안녕하세요. 〈레슬링 시즌〉 공연에 오신 것을 환영합니다. 재미있게 보셨나요? 공연 중에 제기된 몇 가지 쟁점들에 대해 여러분과 함께 생각해 보고 의견을 나누는 자리를 마련하려고 합니다. 〈레슬링 시즌〉 포럼에 여러분을 초대합니다.

동의와 반대

이 순서는 토론 없이 빨리 진행해야 한다. 관객 중 누군가 말하고 싶어 한다면 다음 순서에 기회를 드린다고 양해를 구한다.

대화 예시

진행자 극 중 행동에 대한 몇 가지 쟁점을 여러분께 읽어 드리겠습니다. 그 행동에 대해 동의하시는 분들은 자리에서 일어서 주시고, 반대하시는 분들은 앉아 계시기 바랍니다.

진행자는 자신의 의견을 표현한 관객들에게 감사 인사를 한다. 다음 순서를 진행하기 전에 일어서 있는 관객들은 앉으라고 한다. 진행자는 관객 반응에 대해 중립적 입장의 의견을 말할 수도 있다.

대화 예시

진행자 그 의견에는 모두 동의하는 듯 보입니다. / 저는 그 문제에 대해 동의도 반대도 아닙니다.

순위 매기기

진행자는 배우들을 무대로 다시 불러낸다. 이때 배우 이름을 불러서는 안 되며 극 중 인물의 이름이나 그룹으로 불러야 한다. 진행자가 배우들에게 자기소개를 청하면 배우들은 극 중 이름으로 자기소개를 한다. 진행자는 각 등장인물에 대해 물어볼 때 전체 관객들이 반응하는 소리의 크기에 따라 순위가 매겨진다고 설명한다. 이 순서에서도 토론은 없다. 이 순서 역시 정보를 모으는 과정이다.

대화 예시

진행자 등장인물에 대해 거부감이 들었는지 차례로 물어볼 때 "네." 하고 대답해 주십시오. 여러분이 대답해 주시는 소리의 크기에 따라 강하게 거부감이 드는 인물부터 거부감이 덜 드는 인물까지 순위를 결정하겠습니다. 니콜의 행동에 대해 거부감이 들었습니까?

진행자는 모든 등장인물의 이름을 부른다. 관객들의 대답을 들은 후 넷이나 다섯 명의 인물을 무대로 부른다. 그리고 거부감이 드는 행동을 했다고 관객이 강하게 반응한 인물부터 순서대로 세운다. 그 다음에는 가장 인정할 만한 행동을 한 등장인물에 대한 관객의 반응을 물어 넷이나 다섯 명의 인물을 무대에 세운다.

대화 예시

진행자 코리의 행동은 인정할 수 있습니까?

진행자는 등장인물의 행동에 대해 다수의 관점을 반영하려고 노력했음을 설명한다. 그런 후에 다른 의견을 가진 관객이 있다면 등장인물의 순위를 다시 매기게 하고 그 이유를 설명해 달라고 한다.

대화 예시

진행자 이 순위가 관객 여러분의 다수가 매긴 순위라고 생각합니다. 하지만 여러분 중에는 이 순위에 대해 다르게 생각하시는 분이 계실 수 있습니다. 누가 일어서서 순위를 다시 매겨 주시고 그 이유를 말씀해 주시겠습니까?

배우들은 극 중 인물로서 새로운 순위에 따라 스스로 움직인다.

그룹 반응

대화 예시

진행자 그럼 이제 등장인물들에게 자신들한테 매겨진 순위에 대해 어떻게 생각하는지 물어보겠습니다.

한 번에 한 인물씩 말한다. (앞에서 언급한 대로 등장인물들은 극 중 행동과 동기에 대해 얘기해야 한다. 간단한 설명은 미리 연습할 수도 있고 즉흥으로 해도 된다. 둘을 병행할 수도 있다. 사과의 말일 수도 있고, 관객 반응에 대한 의견, 혹은 극 중 행동에 대한 변명일 수도 있다.)

대화 예시 ①

니콜 다른 사람의 행동과는 상관없이 말하고 싶은 건데요. 헤더가 마지막에 그런 일을 당해도 된다고는 생각하지 않아요. 그런 짓을 당해도 되는 사람은 아무도 없어요. (관객이 반응한다.) 여러분 중에 그래도 되는 사람이 있나요?

윌리 저는 제 행동에 대해 책임을 지고 싶습니다. 그리고 여기 서 있는 우리 모두 마찬가지라고 생각합니다.

멜라니 사람들은 누구나 실수를 하니까요. 저에 대한 소문을 믿도록 놔둔 건 제 실수예요, 알아요. 하지만 소문을 믿을 필요는 없잖아요.

졸트 이제 여러분이 말하는 게 뭔지 알겠어요. 여러분이 말하는 '뭔가'가 어떤 사람에게는 '특별한 뭔가'라는 것을요. 나한텐 별일 아니어도 다른 사람들에겐 큰일일 수도 있죠. 그래도 누군가를 용서할 수 없다고 하는 건 정말 슬픈 일이에요. 그러니까 헤더에게 한 짓은 너무너무 미안해요. 그리고 헤더가 날 용서했으면 좋겠어요.

대화 예시 ②

코리가 가장 거부감이 덜 드는 인물이거나 그 근처에 있는 경우, 코리가 고백한다. (심판을 진행자로 가정한다.)

코리 잠깐만요. 말할 게 있어요. 전 저쪽 순위에 속해요.(다른 순위의 끝을 가리킨다.) 여러분이 저를 아신다면 여기 이 자리에 놓지 않았을 거예요.

심판 좋아, 계속해, 코리.

코리 저는 페이스북에서 그걸 봤어요. 그리고 아무 일도 안 했어요. 아무 일 안 한 것에도 책임이 있지 않나요? 그렇죠?

루크 (조용히 충격받는다.) 너 알고 있었어?

멜라니 그건 네 잘못이 아냐, 코리. 나도 알고 있었지만 아무에게도 얘기 안 했어. 난 심각하게 생각 안 했어. 농담이라고 생각했으니까.

코리 그렇지만 그건…… 차에 치인 사람을 보고 그냥 지나쳐 버리는 거와 다르지 않아.

심판은 관객이 반응하기를 기다린다. 아무 반응이 없으면,

심판 (관객에게) 어떻게 생각하세요? 코리의 순위를 바꿔야 한다고 생각하시나요?

관객 중 누군가가 코리에게 왜 말하지 않았느냐고 묻는다면 코리는 용기를 내서 다음과 같이 말할 수 있다. 관객이 아무 말 없이 코리의 대답을 기다리고 있으면 바로 얘기한다.

코리 무서웠어요. 걔들은 이미 제가 동성애자라고 생각하거든요. 다음에 저를 공격할까 봐 무서웠어요. 그러니까 여러분 등에 커다란 과녁이 있으면 그런 일이 벌어지잖아요, 안 그래요? 전 학교에서 집까지 매일 걸어 다녀요. 제 자신을 보호하느라 바빠서 다른 사람에 대해 생각할 여유가 없었다고요.

반응

이번 단계의 진행자는 진행 방법을 설명한 뒤 뒤로 물러난다. 진행자는 관객 스스로 이번 단계를 진행하도록 유도한다. 관객들

이 앉아 있는 순서대로 돌아가면서 한 사람씩 일어나서 말할 수 있도록 분위기를 이끈다. 의견과 관객 반응이 되도록 많이 나올 수 있게끔 배려한다. 십여 분 정도 진행할 수 있다. 진행자는 관객의 설득력 있고 예리한 의견을 기다리며 마무리할 시점을 가늠한다.

진행자는 4단계 진행을 위해 몇 가지 규칙을 제시할 수 있다.

1. 이름 부르지 않기

진행자는 누군가가 이름을 부른다면 진행을 멈춘다. 그리고 규칙을 어긴 참여자에게 자신의 행동에 대해 어떻게 생각하는지 물어본다. 관객은 스스로 검열하게 된다. 시작하기 전에 진행자가 적절한 용어로 시범을 보일 수도 있다.

2. 욕하지 않기

진행자는 누군가가 욕을 하면 1번과 같이 조정한다.

3. '나' 또는 '저'로 시작하기

진행자는 참여자가 의견을 말할 때 '나' 또는 '저'로 시작하도록 한다. '너', '당신' 등의 말은 비난으로 이어지기 쉽고 사람들을 방어적으로 만든다. 이 규칙을 통해 청소년들은 자신의 의견을 말하는 효과적인 의사소통 방식을 배울 수 있다.

대화 예시

진행 학교와 마찬가지로 욕설은 안 됩니다. 이름 부르기도 안 됩니다. 동의하십니까? (관객 반응한다.) 이 정도로는 믿기 힘든데요? 욕 안 하기, 이름 안 부르기. 동의하십니까? (관객들이 좀 더 적극적으로 반응한다.) 감사합니다. 그리고 '저는' 또는 '나는'이라는 말로 시작해야 합니다. 이를테면, '저는 이렇게 생각합니다.' '저는 이렇게 느낍니다.' 이렇게 의견을 얘기해 주세요. '너는 어쩌고' 이렇게 시작하지 마세요. 자, 이제 여기 있는 우리에게 이런 방법으로 의견을 말하는 겁니다. 규칙을 잊지 마세요.

관객의 의견 말하기가 다 끝난 뒤, 진행자는 관객에게 감사 인사를 하고 포럼을 마무리한다고 말한다. 아직 말을 하지 않은 배우가 있다면 마무리 멘트를 한다.

마무리

등장인물 중 한 사람이 마지막 마무리 멘트를 한다. 어떤 인물이 포럼을 마무리할지는 포럼 진행 전에 미리 정해도 좋다.

대화 예시

코리 졸트와 윌리가 진짜 그랬는지 안 그랬는지는 상관없어요. 걔네는 여전히 문제를 일으켜요. 걔네는 증오하는 분위기를 만들어 누가 루크를 뒤에서 쳐도 괜찮다고 여기게 만들죠. 사물함 보세요. 누가 그랬는지는 중요하지 않아요. 중요한 건, 루크가 주먹 몇 대 맞는 것보다 그 말 때문에 훨씬 더 힘들어했다는 거예요. 그리고 맷, 내가 너한테 소문을 덮어 버리기 위해 멜라니와 사귀라고 말할 권리는 없었어. 그래, 그럴 권리 없었는데…… 이런 일이 벌어질 줄 알았다면 그렇게 바보 같은 말은 안 했을 거야. 하지만 뒤늦게 후회해 봐야 소용없는 거겠지? 그치?

진행자가 포럼을 끝낸다.

진행자 오늘 적극적으로 포럼에 참여해 주신 관객 여러분, 진심으로 감사합니다. 여러분이 궁금해하는 것들을 도와주실 선생님들을 소개합니다.(공연에 도움을 주거나 참여한 전문가 또는 상담 전문가 등을 소개한다.) 그리고 끝으로 여러분들과 〈레슬링 시즌〉을 만들어 주신 모든 분께 큰 박수를 보냅니다.

누구나 한 번쯤은 '레슬링 시즌'을 겪는다

이것은 청소년연극이다!

『레슬링 시즌』은 로리 브룩스가 1998년 미국의 '존 F. 케네디 센터'에서 주최한 청소년연극 포럼을 위해 집필한 희곡이다. 이후 이 작품은 캔자스 시, 뉴욕 대학교 등에서 공연되며 수정 작업을 거쳤고, 이번 한국어판 출간을 위해서도 새롭게 추가, 수정되었다. 어떻게 보면 『레슬링 시즌』은 지금도 진행형인 셈이다.

청소년연극 포럼을 위한 희곡으로서 『레슬링 시즌』의 주요 갈등은 청소년들이 당면한 고민들로 구성되어 있다. 대학 진학을 앞둔 고등학생들의 스트레스와 부모의 압력, 또래와의 경쟁, 십대의 우정과 사랑 등이 이 희곡의 극적 긴장감을 만든다. 비록 한국과 미국의 교육 제도나 문화적 배경이 다르다 해도 충분히 공감할 수 있는 보편적 문제들이다. 무대 표현은 매우 단순하다. 거의 모든 갈등 상황은 무대 위에서 레슬링 시합처럼 표현된다. 『레슬링 시즌』은 이러한 보편적 문제들을 바탕으로 청소년연극으로서 중요한 질문을 던진다. '나는 누구인가?' 또는 '나는 누구라고 불리는 사람인가?' 작가가 스스로 밝히듯 『레슬링 시즌』은 정체성에 관한 연극이다. 이제 더는 아이가 아니지만 그렇다고 어른도 아닌 청소년의 정체성 찾기 여정을 레슬링 시합으로 실연(實演)하고 있다. 『레슬링 시즌』은 이 질문을 첨예하게 던지기 위해 동성애 이슈와 '헤프다고 알려진' 여고생, 그리고 가십의 위력과 위악 등을 레슬링 매트 위로 불러온다.

목표 지향적이면서도 자신이 진정으로 원하는 것이 무엇인지 갈등하는 주인공 맷, 맷의 가장 친한 친구이자 정체성의 혼란을 겪는 루크, 맷과 루크의 경쟁자들, 그들 주변에서 소문을 만들어 내고 때로는 소문에 희생되는 여고생들이, 무대가 되는 레슬링 매트 위와 그 주변을 오간다. 그들은 마치 톱니바퀴처럼 서로에게 영향을 미치며 갈등하고 반목한다. 실제로 배우들은 매트 주위의 코러스로 배치되어 앙상블을 이룬다. 때로는 무대 위의 인물로서, 때로는 관객으로서, 때로는 인물과 관객 사이의 관찰자로서 연극을 이끌어 나간다.

이것은 청소년연극이 아니다!

로리 브룩스는 극을 앞으로 나아가게 하는 엔진으로 '소문'이라는 제재를 장착한다. 소문의 위력과 위악은 간단하지 않다. 극 후반부에 드러나는 소문의 피해자와 가해자의 혼선은 비단 청소년들만의 해프닝이 아니다. 헤프다는 소문에 희생당한 여고생이 결국 자신도 그 소문을 이용했노라고 고백하는 장면은 우리에게 또 다른 질문을 던진다. 소문으로 둘러싸인 본질의 문제 앞에선 그 누구도 예외일 수 없다.

『레슬링 시즌』이 청소년연극에 머무르지 않는 이유가 바로 여기에 있다. 희곡의 표면은 청소년의 정체성 찾기 여정을 통한 성장 드라마이지만, 그 내면에서는 소문과 정체성 사이에서 무엇이 진실이고 무엇이 거짓인지를 끊임없이 묻는다. 대답은 없다. '레슬링 시즌'이라는 제목이 암시하듯 시즌마다 반복되는 오래된 질문이며, 이 질문은 청소년기가 끝난다고 사라지지 않는다. 계속 고민하고 모색해야 할 화두로서 정체성의 문제를 던지고 있는 것이다. 어떠한 위악 앞에 주춤하며 방관자가 될 수밖에 없는 나약한 개인의 모습 또한 청소년만의 것이 아니다. 이 작품에서 드러나는 다양한 성장통은 인생 전체를 관통하는 통점이다. 당연한 말이겠지만, 잘 만든 청소년연극은 청소년만을 위한 연극이 아니기 때문이다.

어쩌면, 삶은 레슬링 시즌

길지 않은 분량임에도 불구하고 심판을 제외한 총 여덟 명의 등장인물은 마치 레슬링 시합을 하듯 서로 뒤엉켜 있다. 단 한 명도 소홀히 여길 수 없다. 등장인물 모두 각자 자신만의 '말'을 갖고 있다. 그래서 작가는 공연이 끝난 뒤 포럼을 진행하길 제안한다. 관객은 포럼을 통해 『레슬링 시즌』이 던지는 질문에 관해 좀 더 적극적으로 토론할 뿐 아니라, 지금 막 지나가고 있거나 이미 지나온 청소년 시기의 목소리를 무대 밖으로 공론화할 수 있을 것이다.

관객은 『레슬링 시즌』에 등장하는 인물 가운데 한 사람 이상의 인물에게 자신의 모습을 투영할 것이다. 말하자면, 우리는 등장인물 중 누구이거나 한때 누군가인 적이 있다.

번역을 하며 끊임없이 무대를 상상했다. 미국 십대들의 살아 있는 말을 오역 없이 무대화할 수 있는 언어로 바꾸고자 노력했지만, 실수가 있다면 옮긴이의 탓이다. 그런 실수를 최소화할 수 있도록 도와준 편집자 김태형 씨에게 감사를 보낸다.

2014년 5월

박춘근

레슬링 시즌

2014년 5월 29일 1판 1쇄
2015년 10월 12일 1판 2쇄

지은이 : 로리 브룩스
옮긴이 : 박춘근

편집 : 김태희, 김태형, 이혜재 | 디자인 : 권지연
제작 : 박흥기 | 마케팅 : 이병규, 최영미, 김선영

출력 : 한국커뮤니케이션 | 인쇄 : 천일문화사 | 제책 : 정문바인텍

펴낸이 : 강맑실
펴낸곳 : (주)사계절출판사 | 등록 : 제406-2003-034호
주소 : (우)10881 경기도 파주시 회동길 252
전화 : 031)955-8588, 8558 | 전송 : 마케팅부 031)955-8595 편집부 031)955-8596
홈페이지 : www.sakyejul.co.kr | 전자우편 : skj@sakyejul.co.kr
독자카페 : 사계절 책 향기가 나는 집 cafe.naver.com/sakyejul
페이스북 : facebook.com/sakyejul | 트위터 : twitter.com/sakyejul

값은 뒤표지에 적혀 있습니다. 잘못 만든 책은 구입하신 서점에서 바꾸어 드립니다.
사계절출판사는 성장의 의미를 생각합니다. 사계절출판사는 독자 여러분의 의견에 늘 귀 기울이고 있습니다.

ISBN 978-89-5828-758-2 44840
ISBN 978-89-5828-473-4 (세트)

이 도서의 국립중앙도서관 출판시도서목록(CIP)은 e-CIP 홈페이지(http://www.nl.go.kr/cip.php)에서
이용하실 수 있습니다.(CIP제어번호: CIP2014016149)